夏休み、ひいばあの田舎でカイに出会った

山際みよこ

風媒社

もくじ

あいちゃんとタマ

あたたかい春のひです。あいちゃんがおひるねをしています。となりでタマもねています。あいちゃんは目をさますと、うれしそうに、タマの耳をぎゅっとひっぱりました。

「ニャア」

タマはとびあがりました。

あいちゃんはにこーっとわらうと、こんどは、タマの首をつかみました。

びっくりしたタマは、

「フニャー」

とさけぶとかべにぶつかりながら、へやからとびでていきました。

げんかんまでにげてくると、とりかごの隣にすわりました。

そして、すましたかおでまっ白なからだを、シャラーンと、なめました。

タマは、ことりがだいすきです。よこをむいていても、耳とひげはピクピクうごいています。そして、ことりの動く音をぜんぶきいています。

「ニャー」

タマは舌《した》で、口のまわりをペロンとなめました。

ことりかごにとびのろうとしたとき、あいちゃんが、よちよちあるいてきました。

「だっこ」

いきなり、タマのシッポを力いっぱいひっぱりました。

「ギャー、フー」

タマは、かおをゆかにぶつけたまま、ずるずるとひっぱられ、おおあわて。

やっとにげだして、テーブルの下にとびこみました。

すると、テレビのよこに金魚ばちがみえました。

タマは、金魚もだいすきです。おいしそう。

きょろきょろと、あたりをみました。

あいちゃんは、いません。タマは目をまんまるにして、金魚をみました。

「ニャン」

水のなかにソーッと手をいれると、ぐいぐいかきまぜました。金魚がおおあわてでとびはねました。

タマは、つかまえようといっしょうけんめいです。

あいちゃんはタマのうしろまで来て、見ていました。

そして、とつぜん、

「アッアッア」

と金魚ばちに手をつっこみました。

あいちゃんとタマはいっしょになって、もっともっとぐるぐるとかきまわしました。

あいちゃんの口から、よだれがすーっとながれます。

金魚ばちが、音をたててひっくりかえり、あいちゃんもタマもしりもちをついてしまいました。

金魚がゆかで、ピチピチはねています。

あいちゃんははりきって、金魚をおいかけました。

「ニャウー」

タマも金魚をつかまえようととびはねています。

そこへママがやってきて、あいちゃんとタマをつまみあげました。

あたたかい、春の日がいっぱいのおへやです。
あいちゃんとタマが、おひるねをしています。

まいちゃんの「オオーッ」

まいちゃんは、このごろ「オオーッ」ていいます。

ある日、庭をゆびさして、

「オオーッ」

ていいました。

目をまんまるにして、口をとがらせびっくり顔です。

「どうした?」

パパがまいちゃんをみます。

ゆびをさしているところに、ネコのシッポがみえました。

「そうか、ネコが通っていったんだな」

といってわらいました。まいちゃんも、パパをみてわらいました。

ママとさんぽをしていたとき、道を指さして、

「オオーッ」

ていうとママが、

「なに？　なに？」

まいちゃんはみつけたミミズを、つまもうとしました。

まいちゃんの指の先をみました。

ママが、キャッっていいました。

まいちゃんにつかまったミミズは、体をゆらしています。

もちあげたときするりと手からおちて、クネクネとにげていきました。

「オオーッ」

ミミズを指さしながら、まいちゃんは、ゆかいそうに足をばたばたさせました。

まいちゃんのかおにぶつぶつができたので、おいしゃさんに行きました。
まちあいしつにたくさんの人がいました。
まいちゃんもママのとなりにすわりました。
とつぜん、とけいがポンポンポンと三つなりました。
まいちゃんはびっくりして、とくべつ大きな声で、
「オオーッ」
て、いいました。
口がつきでて、目がまんまるになって、周りをきょろきょろみています。
となりにすわっていたおばあさんが、
「オホホホ」
おばさんが、

「クククッ」

おじいさんも、

「アハハハ」

かんごふさんが、とけいをゆびさしてゲラゲラわらいました。

まいちゃんも、みんなをみて、

「アアアッ」

と、大きな口でわらいました。

けん君なんて、だいきらい

あさからシトシトと、雨がふっている。

てるてるぼうず　まほうの子
あしたたいよう　つれてこい
くろいくもを　おいはらえ
はれたらあげる　金のすず

さきちゃんは、白いハンカチでつくったてるてるぼうずを、にわのせんたくざおにむすんだ。
「てるてるぼうずなんか作って、よろこんでんの」

いきなり、けん君の大きな声がきこえた。
さきちゃんは、いそいでいえの中にかくれた。
「雨、雨、ふれふれ、大雨になったら、チョコやるぞ。てるてるぼうず、ふっとばせ」
声がとおりすぎるのを、じっとまった。
いつもいじわるばかりいうんだから。
けん君、きらい……。
さきちゃんは、イーッをしながらつぶやいた。
ほいくえんでもいっしょだったし、一年生になってもおなじクラス。それに家も近い。
夕がたになると、雨がつよくなってきた。台風がちかづいているのだ。
パラパラ、バシャバシャ！　やねにおちる雨の音が大きくきこえる。てんじょうから水がポトンとおちた。

近くの、天白川の水がいつもより、多くなって、早くながれている。

げんかんにまで水が入ってきて、お気に入りのにじ色のながぐつが、水にぷかぷかとうかんだ。

けん君があんなうた、うたうから……。

とつぜん、でんきがきえて、へやの中がくらくなった。

ラジオのおとだけがきこえる。

「台風の目がちかづいてきたぞ」

父さんのきんちょうした声に、さきちゃんはびくっとした。

「目?」

「あぁ、台風の中心ってことだ」

そのとき、つよくふいていた風と雨が、ぴたっと止まった。

「目に入ったぞ！」

おとうさんの声が大きくなった。

入った？　さきのいえに目がきた？

「お母さん！」

お母さんの手をつかんで、こわごわ、くらいてんじょうを見あげた。するど、かいちゅうでんとうの明かりのなかで、金色の目がさきちゃんをじっと見ていた。

こわい！　台風の目だ！

おもわず、ぎゅっと目をつむった。

次の日ははれ。たいようが光り、空がとおくまで青かった。

あさ、台風の目は、てんじょうにいなかった。

てるてるぼうずは、えばったかおでぶらぶらゆれている。

「いいおてんき。てるてるぼうずさん、ありがとう!」

さきちゃんは、つくえのひきだしから小さなふくろをだした。中から、金色のすずをとりだすと、チリチリと音がした。

「ごほうびでーす」

てるてるぼうずのくびに、すずをかけると、キラッと光った。

学校につくと、さきちゃんは女の子に、きのう見たこわかった台風の目のはなしをした。

「ガハハッ、おまえバカか? 天井に目なんかあるもんか」

いきなり、けん君がわりこんできた。

「ほんとに見たの、くろくって大きな目だったわ」

ひっしにいいかえしても、

「台風にビビッてたんだ。おれ、ぜんぜんこわなかったし、ていでんもおもしろかったし」

と、大声でさきちゃんをわらった。

「けん君なんかきらい」

家にかえると、近くのこうえんに、あそびにいった。あちらこちらに、みずたまりができている。

だれもいない、しずかなこうえん。だれかこないかなぁ。

一人でけんけんとびをしていたら、すなばに水がたまって、池のようになっているのを見つけた。

風にとばされてきたおちばが、たくさんうかんでいる。

こうえんの、大きな木のみどりが、水にうつってチラチラゆれている。

「あっ、何かいる」

おどろいて、のぞきこむと、灰色っぽいものがうごいた。

「魚だ!」

バケツをもってきて、そっとすくったら、ピチピチとあばれた。せなかに小さなきずがみえた。

「やったー、つかまえた」

つばをごくんと、のみこんだとき、

「あ、これ、おれの魚だ!」

けん君の声が、あたまの上でひびいた。そして、らんぼうにバケツをひっぱった。

「だめ、これ、さきがつかまえたの」

さきちゃんは、むちゅうでとりかえした。すなばにズブッと足がしずんで、ころびそうになった。

魚もバケツの中でタプタプゆれて、今にもにげだしそう。

「台風の時、おれのバケツから、いなくなったんだ。さがしていたんだぞ」

また、バケツをひっぱった。魚が中でバシャバシャとあばれた。

「さきが見つけたの、だから、さきの魚なの」

「ちがう、ちがう、これはおれのだ。おまえ、この魚の名前知ってるのか」

「名前？」

おもわずバケツから手をはなした。

「知らないだろう。おれ、知っとるぞ。フナっていうんだ」

とくいそうに、指をのばすと水の中の魚をなぜた。

そして、バケツをとりあげて、さっさと行ってしまった。

「さきが見つけたのに。けん君のいじわる、だいきらい」


一しゅうかんたったころ、また雨がふりだした。

雨はきらいだけど、うれしいことがある。

それは、家にいても、お母さんがもうすぐかえってくるってわかること。

お母さんのじてんしゃが、かどをまがるとき、みちにたまった水をはじいて音がでるのだ。さきちゃんだけが知っている音。家にいても、わかるお母さんの音。

シャー！　シュッ！

そのかすかな音をきくと、げんかんにダッシュする。

下校の時間、けん君が、

「フナ、見たいか？」

と、いった。ときどき、やさしいけん君になる。

「うん、でも、雨たくさんふってきたから……」

いいかけて、

「行く！　フナを見たい」

けん君の家は、さきの家の三けんむこうのかどだ。

かばんを家においてはしってきたさきちゃんを、げんかんの前でまっていてくれた。

「見てもいいぞ」

けん君のゆびさしたバケツの中には、石ころや草がはいっていて、そのあいだを灰色のフナがおよいでいた。

同じ色の大、中、小の三びきがいた。

大きいフナが水をはじくと、さきちゃんのかおにまでとんできた。中くらいのも同じように水をはじいた。でもさっきのフナほど、水はとばなかった。

すると、小さいフナもまねて、尾でばしっと水をはねた。水はゆれただけだった。

「三びきのくまみたい」

さきちゃんはくすっとわらうと、

「私のつかまえたのどれかなぁ」

バケツをのぞいた。

「これだよ」

けん君が、いちばん小さなフナをゆびさした。

「ちがうわ、この中くらいのやつよ。だってせなかにきずがあったもん」

「へぇ」

けん君は、さきちゃんとフナを見くらべた。

「しんせきの兄ちゃんが、魚とりにつれていってくれたんだ」

口をつきだし、とくいげにいった。

「どこでつかまえたの？」

「すっごいとおい川だよ。おれ、川に入ってアミでとったんだぞ」

「ほんとう？　いいなぁ」

だろ？　けん君はめずらしくやさしいかおで、わらっている。

雨はやみそうにない。

「もう、かえる」

そのとき、かすかに、シャー！　シュッ！　というじてんしゃが水をはねる音がした。

お母さんだ、といおうとしたとき、けん君が、

「あっ、さきの母さんがかえってきた」

と、いったので、さきちゃんはびっくりした。

「どうしてわかったの」

「じてんしゃの音がきこえたんだ。おれ、さきの母さんの音、わかるよ」

さきちゃんがいきおいこんで、

「ねぇ、そのじてんしゃの音って」

つぎのしゅんかん、

「シャー！　シュッ！」

二人がどうじにいったので、おおわらいになった。

けん君も、雨の日にきいていたんだ。

「おれの母さんは、ザッザッ！　ガチャッ！　ていうんだ」

てれくさそうだ。

「私、けん君のお母さんの音、あてたい！」

「うん！　ここがいちばんよくきこえるんだ」

二人は、げんかん先のブロックにこしかけた。

さきちゃんのきれいなにじ色のながぐつと、けん君のうすよごれたスニーカーがならんだ。

「フ、フッ」

さきちゃんがわらった。

けん君はわらわなかった。

ザーザー、ポトポト、パランパラン。いろんな雨の音がする。

ゆうとくんとゴロタ

「ゆうと、るすばんをたのむよ」

お父さんは、ゆうとくんのかおをのぞきこんだ。

「赤ちゃんがもうすぐ生まれるぞ。今から病院にいくから、おばあちゃんがくるまで、一人でできるな」

「ぼくも、行きたい」

でも、お父さんにもお母さんにも、きこえていないみたい。

どたどたと動き回り、大きなふくろに、お母さんのパジャマなどをつっこんでいる。

「男だ、四歳だ。ゆうと、たのむぞ！　な！」

そういうと、げんかんのドアをバタンとしめた。

お母さんが、えがおでウインクしたのが、チラッと見えた。

しずかになったへやで、ゆうとくんはまどガラスにほほをくっつけて外を見た。

ふってきた雨が、窓のむこうからパンチしたようで思わず目をとじた。

雨の音が大きくなると、部屋のなかが暗くなってきた。

大好きなブロック箱を、たなからひっぱりだそうとした時、雷がごろごろとなりだした。

「おばあちゃん、まだかなぁ」

ガラガラ！　ゴロゴロ！

またなった。ブロック箱が、ひっくりかえり、部屋中にちらばった。

あわててベッドにとびこむと、柱におもいきり頭をぶつけた。

手でさわると、ボコッとふくらんできた。痛くて怖くて、でもどうしていいかわからない。

涙と、汗と、よだれがいっぺんにでてきた。

「おばあちゃん、はやく来てよぅ」

べたべたになった顔をTシャツの袖でふいた時、とくだいの雷がなった。ベッドに雷がおちた？

「こわいよう！　おばあちゃん、こわいよう！」

はじけるように、部屋の中をとびまわりながら、大泣きをした。

暗くなった部屋が、何度も明るく光った。

その時、部屋の中に、やっぱりとびはねながら、大泣きしている子がいるのに気がついた。

あまり高くとびあがるので、天井にぶつかりそうだ。おどろいたら、涙がとまった。

「だれ?」

「おれ?　ゴロタ」

「どうしてないてるの、雷がこわいの」

「全然。ちょこっとおどろいただけ」

その子はなきやむと、部屋の中をみわたした。ちらばっているブロックをみつけると、さっと両手にとって、たたいたり、ころがしたり、なめたりしている。

「ぼくだって、ちょこっとおどろいただけ」

「ここ、おまえんち?」

男の子は、ベッドでなんどもジャンプしながらきいた。

ゆうとくんは、うなづきながらゴロタを見た。

つの……、はえてる。

とらのかわのパンツ……、はいてる。

かみの毛……、モジャモジャ。

ワワワー、かみなりだー。涙がまた出そう。

部屋の中がぱっと明るくなって、超とくだいの雷がなった。

思わず、ゴロタにしがみついた。とつぜん、

「ゴロタ！　助けにきたぞ」

ひびくような声と、

「お兄ちゃん――」

ゴロタの声もきこえた。

ゆうとくんの体が、ぐいっとうかんだ。ゴロタにしがみついたまま、上へ上へとひっぱられていった。

きがつくと、ふかふかの白い雲のフトンにねていた。

ゆうとくんのベッドより、ずっとやわらかくって太陽のいいにおい。片目をあけてあたりを見た。

「この子、にんげんだぞ。ヒカリ、どうしてつれてきたんだ」

「知るかよ。ゴロタの足にくっついていたんだ」

ゴロタのお兄ちゃんが、お父さんにしかられている。目をつむって、ねているふりをした。

「ヒカリ、にんげんに近づくなといつもいってるだろう」

お父さんの太いがらがら声。

「ヒカリ、お前はこの子を下におろしておやり」

お母さんのやさしい声。

「ちぇ、またおれの仕事か」

「今は一年で一番いそがしい時なんだ。雨をふらせにゃならん」

がらがら声がいった。

「それに、ゴロタのことも決めなくてはね」

やさしい声がいった。

雷のお父さんとお母さんは、うかんでいる真っ黒な雲にふわりととびうつった。

そして、太いうでで雲をかき集めると、いっしょうけんめいしぼって、ジャバジャバと雨をふらしはじめた。

しぼられた雲は白くなって風にとばされていった。

「夏になるまえに、畑にいっぱい水をやるのさ」

ヒカリが、雲に穴をあけて下を見せてくれた。

はるか下のほうで畑や公園のみどりが、笑っているようにみえた。

とんできた雨が、パラパラとかおにあたった。

「ねぇ、ゴロタくんのことを決めるっていってたでしょ。何をきめるの」

そっとゴロタにきいた。

ゴロタは、ちらりとお兄ちゃんをみあげて、

「オイラ、四さいになったからな、決めなきゃならないんだ。人間に生まれ変わるか、雷のままか……」

「えっ！ へ、変身するの？」

「おれたちにとって、四歳は大事な年なんだ」

ヒカリが、まじめなかおでゆうとくんにいった。

「お兄ちゃんは、雷のままがいいっていうけど、オイラ、人間に生まれ変わりたいんだ」

「それって、ゴロタくんが人間になるっていうこと？」

「おかしいか？」

ゆうとくんは、あわてて首をふった。

「ううん。ぜんぜん！」


いよいよ、二人はお父さんと、お母さんと、お兄ちゃんが、つくってくれるいなずまにとびのって、おりていくのだ。

お母さんが、二人のあたまをやさしくなぜた。

今、ゆうとくんは、家にかえるのだ。そして、ゴロタは人間になるのだ。

雨がやみ、ピンクや、むらさきや、きみどりの光が、ピチピチとおどりながらじめんまでのびていく。

雷の音が空いっぱいになり、黄金色のいなづまがひかったとき、二人はその上にとびのった。

風がふき、ひっぱられるようにぐるぐるとまわりながら、下へ下へとすいこまれていった。

バリバリと耳がやぶれるような音が空とじめんにひろがった。

うわわーーっ。二人のさけび声がひびいていた。

ゴロゴロゴロ、雷の音がだんだん小さくなっていく。

そっと目をあけると、ゆうとくんは、部屋の窓にほほをおしつけたまま立っていた。

青い空に、白い雲がたくさんうかんでいる。

どこかで、

「オギャー！」

と、赤ちゃんのなく声が、きこえた。

おばあちゃんが息を切らして、バタバタと玄関にとびこんできた。

「ゆうと、一人でるすばんをがんばったね。えらい、えらい」

「うん！　ぼく、平気だったよ。四歳だもん」

おばあちゃんに、とびついていった。

ゲンは、ほいくえんのえんちょうさん

おれには、『またたびねこじゃらし』という、りっぱな名前がある。

それなのに、ほいくえんではみんながおれをゲンとよぶ。『またたびねこじゃらし』とは、名前がりっぱすぎて、いえないのだろう。子どもなんて、そんなものさ。

テラスにすわって、あいているガラス戸から、部屋をのぞいた。

みんな先生に絵本を、よんでもらっている。

それじゃあ、おれもいっしょに見ようかと、部屋の中に入った。そのとき、ふりむいておれを見たやつがいた。目がぱっちりとあってしまったぞ。いやなよかんだ。

そいつは、えーと、そうそう、「りょう」という名前だ。とことこ歩いてくると、いきなりおれの目にゆびをつっこんできた。いたくてとびあがってしまった。ちっ、ゆだんしたぜ。こんながきにやられるなんて。

前足で目をこすったとき、先生のよんでいる絵本が見えた。大きなネコの目が表紙についていた。

おれは、にげだしたと思われないように、しっぽをぴんと立てて、えばってニワトリごやまで行った。あぁ、うまそうなにおいだ。二羽のニワトリが、ばたばたとあばれだした。子どもたちにとびかかりはしないか、見はっているだけさ。

つぎの朝、でかでか先生が、にわとりにえさをやっていた。おれはニャーとないて、先生の足に体をすりよせた。

「あら、ゲンちゃん、おはよう」

そう言うと、たらいの中になみなみと水を入れた。テラスのそうじでもするのかい。ごくろうさん。

いつもなら、おれをだきあげると、耳やのどをやさしくなでてくれるのに、今日はちがった。

いきなり、おれの手と足をギュッとつかむと、ニヤッとわらって言った。

「お天気もいいし……」

それをきいたとき、しまった！　と思ったが、もう遅かった。

つぎのしゅんかん、おれは水の中にすっぽり入っていた。とび出ようともがいたが、もうせっけんで、あわだらけにされていた。

「ほっ、ほっ、ほっ。ゲンちゃん、今日はにげだせなかったわね。私のかち」

でかでか先生が言ったときは、まっ白なしっぽのさきまで、しっかりあらわれていた。

おれは、プルンプルンと体をふるって、水をとばした。

そのとき、タオルでおれの体をふき始めたやつがいた。ちっ、りょうだ。

こんなすがた、見せたくなかった。

おれは、あわてて、草むらにかくれた。にげたんじゃないぞ。みだしなみは、人に見られず、自分でやるものなのだ。

おれは文句を言いながら体をなめた。プーンとせっけんのにおいがした。

太陽がおれをよんでいる。こんなさんぽびよりの日は、おれの手伝いがいるのさ。

ちびどもが、あつまってきたぞ。バケツをもってさわいでいる。よし、今日はザリガニとりに出かけよう。

おれがいないと、しゅっぱつもできないのか？　おれは、先頭にたって、歩き出した。見つけておいたとっておきの、ザリガニのすみかを、おしえてやろう。

りょうも、赤いバケツをもって、おれのうしろを、あるいている。ついたところは、川の水があふれてできた小さな池。ここにいるザリガニは大きいぞ。

おれは、立ちどまると、ニャーとないてちびどもに知らせた。

ほんわか先生が、おれのあたまをなでると言った。

「さぁ、ここでザリガニをとろう！　スルメをつけたさおを池の中に入れて！」

「ゲン、ぼくは、ここでつかまえるよ」

りょうがおれのとなりに来て言った。まぁ、がんばってくれ。

おれはねころぶと、草のにおいをかぎながら、うとうとした。

そのときだ。なにかがおれのかおにとんできた。とびおきて、両足をふんばってみがまえた。

おどろいたんじゃないぞ。おれが、がきどもを守らにゃぁならんからな。

なんだザリガニか。だが、スルメにかぶりついているそいつは、今まで見たなかで、いちばん大きなやつだ。

だれかがつり上げたとき、さおをはなしたな。

「こわいよぉ、ぼく、バケツに入れられないよぉ」

その声はりょうだ。助けて！ってかおをしておれを見た。

じぶんでやれ、弱虫め。

りょうは手をのばしたりひっこめたり。ザリガニが、にちょうけんじゅうをふり上げるたびに、うしろにとびのいている。

かおがだんだん赤くなって、あせをびっしょりかいている。

あのやりかたじゃぁだめだな。つかまえるには、こつってもんがあるんだ。おしえてやるか。

おれは、前足ですばやく、ザリガニのせなかをぐいっとおさえた。こうすればいいのさ。

「ゲン、ぼくもやってみる！」

りょうは、赤いかおをもっと赤くして、手をのばした。

ザリガニは、りょうのゆびをはさもうと、にちょうけんじゅうを右に左にふりまわした。一人と一匹のたたかいがつづいた。

クラスのやつらもあつまってきて、おうえんを始めたぞ。

「りょう、がんばれ。りょう、がんばれ」

おれも、ついむちゅうになって、りょうをおうえんしてしまった。

とうとう、ザリガニをつかまた。


子どもたちが家にかえるじかんになった。おれは、ほいくえんの門の前にすわると、シッポと足先をなめた。そして、せなかをしゃっきりとのばした。


「さようなら」

「ゲン、元気でね」

子どもたちが、おれにあいさつをする。

「ニャアー」

と返事をした。

「ゲン、ニワトリをひっかいちゃぁだめよ」

あたまを、つついていくやつには、しらんかおでねむったふりをしていた。

「ゲーン」

おれをよぶ声。そっと目をあけると、あいつが、おっと、りょうが近づいてくるではないか。

ゆびをつっこまれたことを思い出して、おもわず目をとじた。

「ゲン、いい子、いい子」

おれのあたまをなでる。あいてはがきじゃないか。思い切って、目をあけた。

そいつはおれの目をじっとみていた。そして、にこっとわらうと、バイバイと言って、かえっていった。

子どもたちをみおくって、手あらいばにとびのると、じゃぐちの中へ舌《した》を入れた。水をのむと、はらがスーっときもちよくなった。

ほいくえんは、もうだれもいなくなった。にわが夕やけで、オレンジ色になったころ、おれは、ほいくえんをぐるりとまわった。異常なし！

うらぐちにまわると、ふるびたとびらの前に立った。

ここからは、おれだけが知っているネコ道だ。

草のあいだに、おれのからだが通れるくらいの穴がほってある。

その穴は、だれにも見つからないよう、ろうかにつながっている。

つくるのに三日もかかったんだぞ。おれのじまんの真っ白な毛並みも、ずいぶんよごれたもんだ。

シッポをぴんと立てて、ろうかを歩いた

今日さいごの見回りのじかんだ。

夜のほいくえんは、いろんな音がする。

パタパタしているのは、あられぐみのインコだ。

おれを見ると、いつも羽をひろげてとびまわる。そんなにおれのことがすきなのか？　ふん、おれだって、おまえのことがだいすきだよ。

かごのすきまから、手を入れてぐるぐるまわしてやったら、インコのやつ、びっくりして羽をばたつかせた。

えさもとびちった。そんなにあばれるなよ。取ってくったりはしないさ。おまえたちは、がきどもの友だちだからな。

夜回りをしてやっているのだ。お礼くらい言ってくれ。

かりんとうぐみにも、なにかいたっけな。えーと、そうそうメダカだ。あんな水の中に、よく入っていられるよ。すいそうにひたいをくっつけたら、ひんやりして気持ちがよかった。

ちょっと、あくしゅでもと思って、水に手を入れるとメダカのやつおどろいて、フルスピードでおよぎだした。

あいさつくらいできるように、おしえないといかんな。手をなめたら、メダカのあじがした。

いちばんおくのへやは、そうこだ。かべにお面がたくさんかかっている。コブタ、タヌキ、キツネ、それから……あるある、おれのかおも。もうちょっと、うまくつくれないのかねぇ。

はんたいがわには、箱がいくつもつみあげられている。

おれのおきにいりは、布が入っているいちばん上の大箱だ。おれにぴったりのベッドなのさ。

とびのると、前足とシッポをじっくりとなめた。

やれやれ、これで今日のしごとがおわったぞ。

てんとう虫のオルゴール屋さん

ぞうき林の近くに野原がひろがっていました。そこには、たくさんの虫たちがすんでいました。
野原のまんなかに、オルゴール作りの名人、ナナホシテントウのお店がありました。

ぱぴぷぺ　ぽろろん
せかいに一つの　オルゴール
おいらは　はらっぱの
うでのいい　しょくにん

今日も、てんとう虫の明るい歌声がきこえます。

店の中は、いろいろな色の花や、木のえだでいっぱいです。

それを、ほそくしたり太くしたりして、美しい音を作ります。

野原の虫たちは、てんとう虫の作ったオルゴールがだいすきでした。

「できたかい？」

と、いきなりかおを出したのは、シャクトリムシでした。

「はいはい、ご注文のオルゴール。どうぞ、きいてみてください」

てんとう虫は、シロツメクサでできている棚《たな》から、緑のオルゴールを大切に取りだしました。

シャクトリムシがふたをあけると、力強いメロディがきこえてきました。

きゅるきゅる　ぽぽぽ

らりるれ　ぱぱぱ

それは、注文したとおりのメロディでした。

「すばらしい！　勇気がわいてくるようだ。これをきけば、あにきの病気もきっとよくなるよ。ありがとう、てんとう虫さん」

てんとう虫がにっこり笑うと、背中の七つの星が、ぽっと明るくなりました。

ありがとうと、いってもらえて、とてもうれしかったのです。

「さてと、次のオルゴールも、急いで仕上げなくっちゃ」

てんとう虫は、あまりに、いっしょうけんめい作っていたので、アゲハチョウがやってきたことに、少しも気がつきませんでした。

アゲハチョウが、羽根をうごかすたびに、涼しい風がかおをくすぐりました。

「てんとう虫さん、こんにちは。オルゴールはもうできたかしら？」

「おや、アゲハさん。いらっしゃい。ちょうど今できたところ」

てんとう虫のさしだしたオルゴールは羽根の形で、星のもようがついていました。

きらきら
りりりん
ひらひら
ろろろん

メロディをきくと、アゲハチョウはうれしくなりました。そして、

「お友だちの、けっこんのお祝いにぴったりだわ」

と、よろこんで帰っていきました。

七つの星がまたぽっと、明るくなりました。

てんとう虫のオルゴールは、幸せな時にきくと、だれかに幸せをわけてあげたくなります。

さみしい時は、ゆうきがわいてきます。おこっている時にきくと、心がおちついてきます。

虫たちは、めずらしいはっぱや木の皮を見つけると、てんとう虫の店にもってきます。

おかげで店のなかは、いつも色とりどりのオルゴールの材料で、いっぱいになっていました。

あたたかい春の日、今日もたくさんのお客さんが、順番を待っていました。

そこへ、とてつもなく大きな、長い足のクモがやってきました。動くたびに、足にはえている太い毛が、さわっさわっとゆれました。

「もうすぐ生まれてくる私の赤ちゃんに、オルゴールを作っておくれ」

雷のようにひびきわたる声でした。

そして、ギロリとてんとう虫をにらむと、ずんがずんがとかえっていきました。それは、まるで空をとんでいるように見えました。

びっくりしたのは、お客さんたちです。

「あいつは、ぼくのお姉さんをつかまえて、食べてしまったんだ」

そういったのはシジミチョウでした。目には涙がうかんでいます。

「わしだって、あいつのクモの巣にひっかかったときは、もうだめかと思ったよ、やっとにげだすことができたが、今思い出しても、みぶるいがするわい」

カマキリが言うと、

「わたしなんか、かわいい子どもが。あぁ、ちょっと目をはなしたすきに、クモにつかまってしまって……」

ミツバチが、羽根をふるわせて、ううっと泣きくずれました。

てんとう虫は、みんなの話をきいて、息ができなくなるほどむねが、苦しくなってきました。

てんとう虫も、思い出していたのです。クモの巣のねばねばした糸に、足がひっかかったときのことを。にげだしてからも、体のふるえが止まりませんでした。

「あいつのオルゴールなんて、作らないでね」

「ことわってくれよ」

「みんな、あいつに苦しめられた。オルゴールを作ってやるなんていわないでくれ」

店の中は、おおさわぎになりました。

てんとう虫は困りました。

（みんなが楽しくなったり、元気がでるようにと作ってきたのに。クモには作りたくない……。）

でもしばらくすると、

（おいらの仕事はオルゴール作りだ。クモにだけだめだなんて言えない。）

と、思いなおしました。

けれどまた、

（おいらだって、食べられそうになったんだ。あんなやつに作るのは、やっぱりいやだ。）

心のなかでさけんでいました。

そして、ついにことわろうときめました。


次の日も、その次の日も、雨がふっていました。

雨がやむと、草や木のはがうたをうたっているように、うつくしい色でゆれていました。

てんとう虫は勇気を出して、クモの家へことわりにでかけました。

クモの家は、ぞうき林の入り口にあります。とても大きいので、すぐにわかりました。

前に立って見上げると、空が全部クモの家でおおわれているみたいです。

あのねばねばした糸が、足にからんだ時のことを思い出し、思わず、体がぶるぶるっとふるえました。

細い糸でできた、たくさんの小さなへやは、きちんとせいりされていました。

どこにいるのかなぁ？　きょろきょろ目をうごかしたとき、

バサバサッ！

いきなり、たたきつけるような音とつよい風で、てんとう虫は、空たかく、ふきとばされてしまいました。

そして、風にぐるぐるとばされながら、地面におちていきました。

やがて、あたりはしずかになりました。てんとう虫は、そっと目をあけて、こわれたクモの家を見上げました。

クモの家は、糸が何本もちぎられゆれていました。

バサバサッ！

大きな音がして、風がぶつかってきました。

てんとう虫は、また、くるくるとばされながら、いそいで羽根を広げ、近くの木のえだにしがみつきました。

目の前を何かがとんでいき、あたりがいっしゅん暗くなりました。

シジュウガラです。クモの何百倍、何千倍もある大きなトリです。

口ばしでクモをねらっています。クモはすばやく、木のはのかげににげました。

しばらくして、シジュウガラはどこかへ行ってしまいました。

雨にぬれたクモの糸が、太陽の光でオレンジや緑色に、ちかちかとかがやいています。

「なんてきれいなんだろう」

てんとう虫は、木のはのかげから、いつまでも見ていました。

しばらくすると、高い木のあいだから、クモが静かにおりてきました。こわされた家に、がっちりと足をおくと、せっせと家をなおしはじめました。そして、ゆっくりゆれながら歌をうたいはじめました。

ゆらりと　しなやか
わたしの　おしろ
しんじゅの　しずくは
雨の　プレゼント
ラッタッタ　ツッタッタ

あつめて　のませよう
わたしの　あかちゃん

生きる　ちからは
野原の　プレゼント
ラッタッタ　ツッタッタ

さっき、シジュウガラにおそわれたことなど、わすれてしまったような、ひくくやさしい声でした。

じっと、きいていたてんとう虫は、糸のかたまりの中に、生まれたばかりの赤ちゃんたちがいるのを見つけました。

はげしい風にふりまわされて、あの中でふるえていたんだろうか。

てんとう虫は、つぶやいていました。

赤ちゃんたちを見ているうちに、自分の作ったオルゴールをきいてほしいという気持ちになってきました。

てんとう虫は、青空にゆれる赤ちゃんのメロディをかんがえながら、家へかえってきました。

そして、クモのオルゴールを作りはじめました。

れんげ草の甘い香りが、ながれてきた朝、オルゴールができあがりました。

その音色は、大空であそびまわる風のようでした。

てんとう虫は、オルゴールをとどけにいきました。ぞうき林につくと、胸がどっくんと音をたてました。

食べられてしまうかもしれない。そんな怖さが頭にうかんできました。

けれど、てんとう虫はもうまよってはいませんでした。

いよいよクモの家に近づいてきました。でも、そこにあったのは、トリの羽根がからまって、こわれたクモの家でした。

まわりに赤ちゃんがいないか、あわててさがしました。

いくらさがしても、クモの赤ちゃんはどこにもいませんでした。

てんとう虫は、いつまでもオルゴールをだきしめて、こわれた家の前に立ちつくしていました。

夏休み、
ひいばあの田舎で
カイに出会った

勇人は三年生の夏休み、ひいばあん家《ち》にあそびにいった。

田舎で一人暮らしをしているひいばあは、父さんのおばあさん、つまり勇人からみると、ひいおばあさんになるのだ。

家からやく三時間。電車とバスをのりついで、「奥の村」という小さなバス停でおりた。

バスは勇人だけをおろすと、砂ぼこりをまきあげながら、ゆらゆら走っていった。頭や肩に太陽がギラギラとつきささってくる。道の両側は名前もしらない木や草花が、好きなようにのびて影をつくっていた。

勇人は、デイパックから地図をとりだしてひろげた。父さんのかいてくれた地図だ。ところがそれはとびきりシンプルだった。

四つ切の紙のまん中にまっすぐ道があって、突き当たりの丁字路を左に曲がり、次には右に曲がる。そして、ひいばあん家《ち》らしき所に丸がついていて〝ここ〟とだけかいてある。

「道は一本だけだ。ここを行けばいいんだな」

砂ぼこりのまう道をあるいていると、なにもかも新しい世界に見えて、わくわくしてきた。

「もうすぐ左に曲がるんだな」

頭の汗をぐりぐりとふいたとき、草むらで勇人を見ている一匹の犬に気がついた。目がつりあがって鼻がずいぶん長い。首輪はないし、体中うす汚れている。

「こいつノラ犬だな」

血統書つきですす顔の、なよなよ犬ばかり見ているから、このイヌがたくましく見えた。

「ン？」

勇人がかおをのぞきこむと、イヌは長い舌をはぁはぁとゆらしながら、うれしそうにシッポを地面にたたきつけた。歓迎してくれているらしい。イヌは、なれた足取りで左に歩きだした。

「へぇ、道案内してくれるの？　おまえ、おれと友だちになりたいのか？」

イヌはまるで勇人のことばがわかるかのように、タイミングよくワンとかクウンとないてくる。

短い自分の影をふみながら、二十分ほどいくと、ひいばあを見つけた。

大きな柿の木のある古い家の前で、首にタオルをまきつけたひいばあは、笑いじわいっぱいの顔で勇人をむかえてくれた。

勇人は家に入ろうとして、誰かに見られているような気がした。ふりむいたが、誰もいない。ノラ犬もいなくなっていた。

デイパックを玄関にほうりなげると、すぐ、家の裏にある神社をめがけて走った。

「おやまぁ、はぁー」

という、ひいばあの声が背中できこえた。

以前来た時、木登りをしたり、セミとりをして遊んだ神社だ。おぼえている。

セミだけが、うるさいくらい、ガシャガシャとないている。

緑の木立の中は涼しく、汗にぬれた首がひやりとした。

「オーイ」

返事を期待していたわけじゃないが、歩きながら呼んでみた。セミの声以外なにもきこえない。

「チェッ！」

勇人が桜の木の根元を思いきり足でけったその時、うしろを何かか走りぬけた。

さっとふりむいたが、何も見えない。勇人がセミをさがしはじめると、またなにかが動き、杉の木の根元にすばやくかくれた。

勇人もそこへすべりこんだ。でも、だれもいない。

「あれ？　ここにかくれたのに」

キョロキョロしていると、たかい木の上のから、するすると男の子がおりてきた。

「うわぁ」

勇人がびっくりして、しりもちをつくと、その子は勇人の前にすとんとおりた。

勇人とおなじ三年生くらいの男の子だ。さっきの犬もどこからかやってきた。

「だれ？」

「……」

「おれ、勇人。ひいばあん家《ち》にきたんだ」

黒く日焼けしたその子は、勇人をちらちら見ながら、

「ふうん、勇人……。おれ、カイ」

ちいさな声で言った。

「この犬、おまえんちの？　なんて名前？」

「イヌ」

「犬の名前だよ」

「イヌ」

と、また小さな声でこたえた。

「イヌって名前？　アバウトだな。は〜い、イヌ、イヌ」

犬がシッポをふると、すなぼこりがポワーとたった。

次の日、勇人がセミとりに行こうとすると、柿の木のかげから、カイがのぞいている。勇人と目があうと、うれしそうに笑った。

「お稲荷《いなり》さんの裏山で遊ぼう」

と、カイがさそった。勇人はもちろん賛成した。

初めて行くお稲荷さんには、キツネの石像がたくさん立っていて、緑のこけがはえていた。

カイは誰もいない裏山に、どんどん入っていく。

勇人はすっかり探検家の気分で、草をふみつけながらついていった。

「ここに、おれたちの基地を作ろう」

「うん、おれもそう思ったんだ」

二人は、おちている木の枝をつみあげて、その上におちばをかぶせた。外から見ても、わからないひみつの基地が、できていった。

中は、すっぽりとひかげになって、二人とも気にいった。

「ハァー」

カイは大きく息をはくと、気持よさそうに、その中にねころんだ。

「できたぞ！」

勇人もひっくり返って目をとじた。耳元でガサコソとおちばの音が大きくひびいた。

しかし、しばらくすると、おちばの音に引っぱられるように、誰もいない世界にまよいこんでしまった不安を感じた。

いそいでカイのシャツをつかむと、スッと不安がきえた。

「見ろ」

カイが指さしたすきまから、太陽の光がヒラヒラとふってきた。

「オーイ」

「ヤッホー」

「ぜったい、だれにも見つけられんぞー」

「オー、おれたちだけの、ひみつ基地だ」

二人の笑い声が裏山にひびいた。

その次の日。勇人は、やっぱりカイが、柿の木から顔だけだしているのを見つけた。

「冷たくってうまい水、のみに行こう」

「へぇ、うまい水？　行く、行く！」

勇人は、もう歩きだしているカイをおいかけた。

今日もたのしそうだぞ。二人の足は速くなった。

三〇分くらい林の中を行くと、目の前がパッと明るくなった。

そこは白い丸い花が一面に咲いている湿地だった。まるで、別世界のように明るい。

カイはじまんげな顔で、だまって地面を指さした。

「あっ、水だ。水が出てる！」

勇人は始めてみる清水に大声をあげた。すきとおった水が、あちらこちらからわきでて、地面が洗面器のように掘れている。そのまん中から、小さな噴水のように水がふきでているのだ。

カイは、はらばいになると、いきなり口から水を、ペチャペチャ音をたててのんだ。

「飲めるんだ。こんな水飲むのはじめてだ」

勇人も、腹ばいになると、口から飲んでみた。

「うまい！」

（まぁ、勇人！　お腹をこわすでしょ）

頭の中で、母さんのかん高い声がちらっと聞こえた。

お腹につきささるような、冷たさとおいしさが、ほてっている体を一気にひやした。

夕食後、勇人は、父さんのかいてくれた道だけの地図をかべにはって、その前でうでをくんでいた。そして、大きな声で言った。

「よし！」

「何事だぁ」

テレビをみていたひいばあが、目を丸くしてふりむいた。

「かいたら、見せるよ」

勇人は、地図にエンピツで、清水のわく湿地や、神社、お稲荷さん、大きく曲った桜の木、竹やぶから墓地へつづく近道もかきこんでいった。


ひいばあは、毎朝、新聞を読み終わると、墓そうじだ、寺まいりだ、念仏申しだ、同窓会だといって出かけて、あちこちでおしゃべりをして帰ってくる。

父さんが子どもの頃、ひいばあは、山姥《やまんば》みたいに村中を走り回っていたらしい。

九十歳をこえているのに、骨だけの細い足でガッツガッツと、力強くでこぼこ道を歩いていく後ろ姿は、やっぱり今も山姥《やまんば》だ。

「卵をかってこい」

「ミルクをかってこい」

と、ひいばあはあたりまえのように、勇人に言いつけた。

「コンビニはどこにあるの?」

勇人がきくと、

「ない！　さよの家を、向こうにまわれ。すぐわかる」

とか、

「けんじいの畑を通っていけ。細い道を、ひとっ走りしたとこだ」

えぇ？　さよの家ってどこだ？　けんじいの畑って？　ひいばあの説明は、まったくわからなかった。

「まいったなぁ、ぜんぜんわからん」

「何かいったか？　はよ行ってこい！」

家の奥でひいばあが叫んでいる。

文句を言っていると、ひょいとカイとイヌが家の裏から出てきた。勇人はほっとした。カイは村中のどんな道もしっている。

一人と一匹の道案内で、細い道を走って、養鶏をしている家についた。

「ほしいだけもっていけ」

おじさんに言われて、おそるおそるニワトリの足元にころがっている卵をつかんだとき、ぎょっとした。

「おい、あったかいぞ、生まれたてだ。あったかい卵ってはじめてさわった！」

そう言いながら、勇人は両手でかごにいれた。

ニワトリが卵を産むしゅんかんを見て、またぎょっとした。

「卵はうまいぞ。三つくらいはひとのみだ」

カイも卵が好きらしい。

「この卵食べてりゃ、ひいばあは百歳まで元気だな」

その時、カイはおじさんの目の前で、卵をわってごくんとのんだ。一つ、二つ、三つ。イヌもペチャリとたべた。そして、卵のからを、上手に草むらにかくした。

勇人はびっくりして、おじさんをソッと見た。でも、おじさんは、いたずらっぽく笑うカイに全く気がつかない。ちょっと安心したが、何か変な気がした。

おじさんには、カイが見えてない？　カイの声もきこえていないのか？


すごく暑いある日、勇人とカイは小川にきていた。

「新しい基地を作ろう」

勇人は川をゆびさして、カイをさそった。カイも作りたくてしかたないとばかりに、

「よし！　第二号だ」

二人は、川ぶちに石や木切れ、草などを集めた。汗がふきでて、シャツはべたべただ。

木の枝に草をまきつけたり、敷いたりして、座れる場ができていった。

完成すると、勇人は足を川につっこみ、汗だらけの体でごろんと横になった。

「気持ちいいー」

勇人に続いてカイも、

「いいぞ！」

と、叫んだ。

足元をフナやメダカがおよいでいく。

勇人は、おもしろいことを思いついた。浅くなっている川の中に、小石をつみあ

げて丸い囲いを作り、その中で魚を泳がせようということだ。

カイもすぐ賛成して、二人で石をあつめた。それで川の水をせきとめると、かんたんにできあがった。次はどうやって、魚をつかむかだ。

太陽の光で、泳いでいる魚のかげが、川底の石の上でゆれている。

魚は、川岸にたおれている草や石のかげなどに、かくれていることに勇人は気がついた。

「カイ、これでとれないかな?」

勇人は、ぐいっとTシャツの前を引っ張って伸ばしてみせた。タモの代わりにして、魚をすくうつもりだ。

「いいぞ、勇人」

カイは笑ったしゅんかん、いきなり頭を川につっこんだ。

勇人はびっくりしてころびそうになった。

もっと、びっくりしたのは、カイが口で魚をつかまえたことだ。

「おれもやってみる!」

勇人はなんどもやってみたけれど、一匹もとれなかった。でも、はじめての魚とりに、勇人は夢中であそんでいた。

五匹のフナと四匹のメダカと、それにザリガニが八匹とれた。

カイはそれをみんな勇人にくれた。家にかえると、

「そうか、そうか、おもしろかったか」

ひいばあは、笑顔の勇人を見るとよろこんだ。

地図に、川や牛やにわとりそして、魚などの絵がふえていった。

草のおいしげった道や林の中の小道もかいた。ひいばあの家には、ひいばあのしわ顔と、大きな青い柿の絵をかいた。紙をたして、どんどん「奥の村の遊び場」地図ができあがっていった。


勇人が家に帰る日がやってきた。そして、ふと、カイと毎日あそんでいたのに、カイのことを何も知らないことに気がついた。

どこに住んでいるのか、だれと暮らしているのか、なぜ、いつも、同じ服を着て

いるのか。

勇人は、ひいばあの前に地図を広げて、カイの家をきいてみた。

ひいばあは、めがねをかけると、

「どれどれ。はぁ、あれまあ、こんなとこまで行ったのか？　いろんなとこで遊んだもんだわ」

と、おどろきの声をあげながら、うれしそうに笑った。

「カイが教えてくれたんだ。ここもここも、ぜーんぶ。山のほうの川も。魚だっていっしょにとったんだ。ひいばぁ、カイの家ってどこなの？」

「カイ？　さあなあ、そんな子、知らんなぁ。となり村の子かいなあ」

「いつも、いっしょに遊んでいた子だよ」

「ほ、いつもおまえ一人で、走りまわっとったがねぇ」

「おれと同じくらいの男の子で、いつもイヌを連れていた子だよ」

勇人は、わかってもらえないので、いらいらしてきた。

どうして、カイを知らないんだ？

「キツネにつままれたような話だわな」

「えっ、キツネがいるの？」

「いる！　イノシシやサルも畑をあらしにくる。けんじいは、昨日、畑でキツネに出くわしたって言っとったぞ。つかまえてやろうと、追いかけたと。そしたら、お稲荷さんの裏あたりで、きえてしまったとさ」

「ほんとう？」

勇人は、カイと作ったお稲荷さんの裏山の基地を思い出していた。

キツネは、基地を見つけてかくれたんだろうか？　なぜだか、そう思いたかった。

「半分は、けんじいが夢みとったかもしれん」

ひいばあは、カッカッと笑っておもしろがっている。

「イノシシやサルやキツネがいるの？　おれ、まだどれにも会ってないよ」

あんなに、村中を走りまわっていたのに。

勇人は、こんな残念なことはないと、不満そうな顔をした。

「昔、村のもんは、ようキツネにだまされたそうだ。ご用心、ご用心」

「おれ、だまされたりはせんわ。でも、会いたかったなぁ」

バス停で、ひいばあはタオルで汗をふきながら、勇人を見送ってくれた。

「カイは来てくれるかなぁ」

勇人はバスの窓から頭をだして、きょろきょろと見まわした。

「カイか？　わしも会ってみたいもんだ」

「うん、すぐわかるよ。いつも、イヌが一緒だからね」

ひいばあは、うなずくと手をふった。

「また来い」

バスが動きだし、ひいばあの声が風に流れていった。

そのとき、勇人は、ひっこめた頭を突然窓からだした。

「カイだ！　オーイ、オーイ」

カイとイヌがしげみの中から飛び出てきた。そして、大きく手をふった。

「勇人ー、また来てくれー」

イヌがシッポをふっている。

「あっ！」

勇人は息をのんだ。

カイもキリキリとシッポをふっていた。

アゲハ、とべ

1

学校の帰り、細い路地を曲がった時、何かが見えたような気がした。

「あれ？」

まさとは立ち止まり、古い家の庭から道まで伸びているキンカンの木の枝を見上げた。

「アゲハの幼虫だ！」

三センチくらいの黄緑色の幼虫が、キンカンの葉にとまっていた。

まさとの目は、一匹見つけるとすばやく二匹めをさがしていた。背伸びをしたとき、
ワン！　グルルー。

ギャ！　まさとはとびあがった。

玄関につながれている芝犬だ。鼻に、しわをよせてほえつづけている。

ガラッと、玄関の戸があいた。

「だれだ！」

出てきたのは、背の高い太い眉毛がつり上がったおじいさんだった。

あわてて、キンカンの木にかくれた。

おじいさんは、まさとをギロッとにらんだ。

「近所のガキだな。だまって人の家に入ってくるな！　何の用だ！」

「あっ、あ、あ、あ」

顔がこわばって、なにも言えない。

「ばかものが！　あいさつもできんのか」

まさとは、気がついたら逃げ出していた。

「あー、びっくりした。がんじいの家だったんだ」

いつだったか、小学生のなげた石が犬に当たって、おじいさんにつかまった。

その時、一時間も正座をさせられて、文句を言われたらしい。声がでかいし、にらまれると怖くなって、みんな逃げだす。

そして、いつのまにか男の子たちは、〝がみがみじじいの、がんじい〟と呼ぶようになった。

幼虫に気をとられていて、この『進入禁止区域』に入ってしまったのだ。失敗失敗。

でも、まさとの頭の中は、すぐにアゲハの幼虫のことでいっぱいになった。幼虫って、かっこいいよなぁ。

家についた時には、幼虫のほうが、がんじいの顔よりも大きくなっていた。

かばんをおくと、ナイロン袋をポケットにつっこみ、弟のけんに見つからないように、そっと家を出た。

もう幼稚園から帰っている時間だ。音をたてないように走ると、角を回って、ダッシュした。

めざすは、がんじいちのキンカンの木。

家の前に立つと、胸がどきどきしてきた。ポケットの中でにぎりしめていたナイロン袋が、汗でしめっている。

さっき何も言わず逃げ出したことが、少しはずかしくなった。

キンカンの木が、さわっとゆれた。

「こいよ」

と、言っている。ほしい！　幼虫たちがこっちを見ているような気がした。

犬のやつ、ほえるなよ。よし、行くぞ。

「こんにちは」

大きな声を出したつもりだったのに、かすかすの声しか出なかった。その時だ、

ウウー！　ウウー！　グワン！

やっぱり出た！　まさとは自分でもおどろくほどすばやくとびのいた。いきなり、

「アハハハ！　金太郎はうれしくってほえとるんだぞ」

ふりむくと、けんが息をはずませて立っていた。

「そんなこと……わかっとる！　お前、あとをつけてきたな」

けんは、にこにこして、犬に近づくと頭をなぜた。金太郎は、くさりにひっぱられながら前足をあげしっぽをふって、けんの胸をがりがりひっかいた。

金太郎？　こわくないのか？

くるんと丸くなったシッポが、キュルキュルとゆれている。

「おじいちゃん、こんにちは」

玄関に向かって言うと、

「あぁ、けんちゃんかね」

奥のほうで声がして、玄関の戸が開くと、がんじいが出てきた。

「さっきの坊主だな、また来たのか」

まさとが返事をするよりはやく、

「おじいちゃん、今日は兄ちゃんと一緒だよ」

けんが金太郎の頭に顔をくっつけて言った。

がんじいを見ておどろいた。笑っている。

「なにか用事があるのか？」

がんじいは、やっぱり怖い顔にもどった。

「はい、あのぅ、幼虫です。いるんです。キンカンの木にアゲハです」

メチャメチャの説明だ。

「ぼくの兄ちゃん、昆虫博士だよ。なんでも知ってるんだ」

と、けんが自慢した。

「キンカンの木に、アゲハチョウの幼虫がいるんです。取ってもいいですか？」

よし、うまく言えたぞ。がんじいは、キンカンの木に目を移した。

まさとは、幼虫がついている細い枝をひっぱってみせた。

「幼虫か、わしも子どもの頃にはよく取ったもんだが、この頃は幼虫をさがす気もなくなっていたわ」

「本当？　おじいちゃんも昆虫博士だったんだね」

けんが目を丸くして、がんじいを見上げた。

「このちっちゃい茶色のも幼虫になるんだよ」

小さい茶色の粒のような虫を、まさとが指さすと、

「本当？　ぼく、知らなかったよ」

けんが、のぞきこんだ。

「ここにもいるよ。あっ、ほら、あそこにもいる！」

まさとが、幼虫のいる小枝をすばやく指さすたびに、がんじいは、だまってうなずいている。

「ぼくも見つけよう。おじいちゃん、ぼくも取っていい？」

うん、うんと、首だけで返事をした。

「兄ちゃん、これもそう？」

けんも、夢中になってきた。

「幼虫にさわるなよ。枝ごととるんだ」

「おい、あそこにもいるぞ」

がんじいの、ごつい大きな指が、特大の幼虫をさした。

「にいちゃん、これ、一番大きいね」

「本当だ。おじいさん、この幼虫がアゲハになったら、持ってくるね」

がんじいは、口をへの字にしたままうなずいた。まさとは、がんじいを見ながら話をしている自分に、少しおどろいていた。

2

まさとは飼育箱を買ってきた。

「こんど買うときは、けんもこずかい出せよ。おれ、もう一円もないぞ」

「うん、いいよ。ぼく、百万円もってるもん」

まじめくさって言うけんに、まさとは、ヘッと声を出さずに笑った。

新しい飼育箱の中で、アゲハの幼虫が八匹、小さいビンにさしたキンカンの葉を、食べている。

朝おきると、二人はすぐ飼育箱をのぞきにいく。キンカンの枝は、学校がえりに、がんじいの家からもらってくるのだ。

けんは、毎日、水をとりかえている。

「兄ちゃん、どんどん大きくなっていくね。飼育箱から、飛びだすくらいになったら、かっこいいなぁ、イヒヒヒ」

けんは、首をすぼめて笑った。もう四センチくらいになった。みんな緑色だ。幼虫にさわると、頭から小さな角が二本とび出てくる。すごくくさい。

「あんまりいじるな。死んじゃうかもしれん。一日一回だけだぞ」

まさとは、けんに言った。

「兄ちゃん、この一番大きいのがアゲハになったら、がんちゃんちに持って行こうね」

「うん。がんじいと、約束したからな」

二人はこの幼虫に〝がんじい幼虫〟と、名前をつけた。

次の日、飼育箱にへばりついていた三匹の幼虫が、サナギになった。

「見ろ、かっこいいサナギだろ」

「うん！　かっこいい！　きれいな色だね」

「サナギのなかで、チョウになる準備をしてるんだぞ」

「いつ出てくる？　今日？」

けんが、飼育箱に鼻を押し付けて、聞いてくる。

「ばーか、色が茶色に変わってからだ」

それからは、一匹二匹と、のこりの幼虫もサナギになっていった。がんじいの幼虫は、まだサナギになっていない。

ある日、けんが飼育箱のふたを開けたとき、ふたについていた一匹のサナギが、ぽろんとおちてしまった。

「あっ！」

「ばか！」

二人が同時に言った。まさとは、けんの頭を一発なぐった。

サナギは運悪く、キンカンの枝がさしてあったビンの中に、すぽっと落ちてしまった。中には水が入っている。

「落ちちゃったよう」

けんは泣きそうな声を出した。まさとは、すばやくサナギをつまみだすと、セロテープで飼育箱にはりつけた。

サナギは、色が茶色になって半分黒くなった。そして、たらんとたれさがって死んでしまった。庭にうめているあいだ、けんは、

「ごめんね、ごめんね」

と、くり返した。まさとはがんじいみたいに、口をへの字にして何も言わなかった。

何日かたった朝。

「おい、アゲハがでてくるぞ」

まさとがけんを呼んだ。けんはフトンからとび出ると、飼育箱へダッシュした。

「中が、少し、すけて見えるだろ」

「うん！　本当だ！」

けんは、小さく息だけで言った。声を出すと、アゲハがまたおちてしまうかもしれないと気になった。

ついに、サナギの背中のほうが破れ、アゲハの頭が出てきた。やわらかい羽根が、ゆらーとゆれながら、出てくると、二人とも、

「やったー」

と叫んだ。黒と黄色のもようが羽根の中でおどっている。

「さわるな」

まさとの声で、けんは伸ばしかけた手をひっこめた。

アゲハは、ゆらゆらと動きながら、羽根をどんどん大きく広げていった。けんが目をみはって見ていた。

「まだ、さわっちゃだめ?」

「まだだめだ。お兄ちゃんが学校から帰ってくるまで、待ってろ」

その日の午後、二人は飼育箱をかかえて、原っぱへ行った。いよいよ第一号のアゲハを飛ばすのだ。

まさとが静かにふたをとった。そのしゅんかん、アゲハはいきおいよく、飛び出ていった。

「飛んだ、飛んだ！」

風と一緒になって、ひらひらと青空に飛んでいった。

3

それから一週間たって、最後まで残っていた〝がんじい幼虫〟が、サナギになった。

ところが、そのサナギの形は、下が少し曲がっていた。

他のサナギは、胴がふっくらして下のほうがキュッとしまって、かっこうよかった。

すわりこんで、図鑑で調べているまさとに、

「これ、病気？」

けんがきいても、まさとは答えられなかった。

「兄ちゃん、なおる？」

けんは、まさとにもわからないと思うと、ますます不安になってきた。

ほかのサナギたちは、次々にチョウになって大空の中へ飛んでいったのに。

やっと、〝がんちゃんサナギ〟が、かわをやぶってゆーらと出てきた。まさとは羽根がぜんぶ出てくるまで、気が気でなかった。

「あっ、ぐにゃぐにゃだ……」

「ちゃんと飛べる?」

羽根だけではなかった。胴の下のほうも少し曲がったままだ。

〝がんじいアゲハ〟は、八本の足でキンカンの枝につかまり、一生懸命羽根を伸ばそうとゆれている。

黒と黄色がキラキラぶつかりあっている。

「ひっぱってやる?」

けんのことばに、まさとはまよった。

「ひっぱったときに、やぶれちゃったらどうするんだよ」

まさとの声はいらいらしていた。どんなに図鑑を見ても、どうしたらいいのか、のっていないのだ。

次の日になっても、昨日のままだった。

「とべなかったら、花のみつが吸えん」

「そしたら、死んじゃう?」

「……」

まさとは、図鑑をパタンと閉じると、

「がんじいに聞いてこよう。きっと、いい方法があるよ」

飼育箱をそっとかかえると、走り出した。

けんも、まさとのくっつき虫になってとび出した。

4

がんじいは、アゲハを見ると、

「うーん」

と、言ったきり、腕組みをして動かなかった。二人も、がんじいの顔をジーッと見つめて、動かなかった。

しばらくして、

「やってみるか?」

と、まさとを見つめた。

「腹が減っては飛べん。力がつけば生きられる。砂糖水を飲ませろ。だが、こいつが飲んでくれるかだ」

「飲めば、飛べるようになるんだね? ぼく、やるよ。教えて、どうやって飲ますの? おじいさん」

「わしも一度しかやったことがない。その時は、一瞬飛びあがったとおもったら、たしか、落ちて死んでしまったなぁ」

がんじいは、伸びかけているひげを、がりがりと音をたててかいた。

「ばあさん! 砂糖水を持ってきてやれ」

家の中に向かって叫んだ。

「お兄ちゃん、よかったね。がんばってね」

けんは、もう助かると思って、にこにこ顔で金太郎のまわりをスキップだ。

おばあさんは、すぐに砂糖水とつまようじを縁側に用意してくれた。おばあさんの笑顔を見て、まさとの硬くなっていた体が少しゆるんだ。

砂糖水の器を飼育箱の中に入れてから、まさとは、アゲハチョウの口をよーく観察した。

「顔の前でぐるぐるまいているクダの先が口だ。つまようじで、クダを砂糖水までひっぱってやれ」

まさとは、動かないアゲハのクダを見ていた。

「あのクダを伸ばすんだね」

丸く輪のようになっている所に、ゆっくりとつまようじを通した。

まさとの指がプルプルとふるえ、つまようじがぬけてしまった。

ごねん！　心の中であやまると、すぐやりなおした。

みんなが、じーっとまさとの指先を見つめている。

緊張で、また手がふるえだした。

「がんばれ、がんばれ、お兄ちゃん。がんばれ、がんばれ、ア・ゲ・ハ」

けんが、運動会の時のように応援をはじめると、がんじいも、

「がんばらんかい」

と、応援をはじめた。おばあさんも、

「のめば、元気がでるよ」

両手をあわせて祈っている。少しずつ、少しずつのばして、とうとう砂糖水までとどいた。

つまようじをすっと抜くと、口の先が砂糖水のなかで、ぴくぴくと動いた。

「あっ、飲んでるよ。兄ちゃん」

「成功だ！　やった！」

手をたたいたり、飛び上がったり走りまわったりして、みんながよろこんだ。

できたぞ！　まさとは、体中でふぅーっと息をはくと、思い切り尻もちをついた。

また、笑い声がおこった。

「お兄ちゃんは、やっぱり昆虫博士だ」
けんがまさとを見て笑っている。けんのひとみの中に自分が映っているのを見て、
ニッと笑いかえした。

5

「おじいさんのアゲハだよ」

と、まさとが頭をかきながら言った。

「うん。ぼくたち、一番大きいのは、おじいちゃんにって、決めていたもんね」

けんは、飼育箱を持ち上げた。

「ありがとう、じゃあ、空に飛ばせてやるか」

まさとと、けんは、がんじいが持つ飼育箱をのぞきながら、

「飛んでけ！　飛んでけ！」とはやしたてた。

笑顔のがんじいが、ふたをあけた。

でも、アゲハは、羽根をあちこちにばたばたとぶつけて、なかなか飛びあがれない。

「好きなところへ、行かんかい」

飼育箱を空に持ち上げた。

その時だ。アゲハは、羽根を大きくゆらすと、ふわりと舞った。そして、ゆれながら、キンカンの木まで飛んでとまった。まだ少しちぢんでいる。でも飛んだのだ。

次のしゅんかん、

「あっ」

いっせいに、みんなが声をあげた。キンカンの木の中から、いきおいよく一匹のアゲハが飛び出てきたのだ。

まるで、〝がんじいアゲハ〟を待っていたかのように。

二匹は、くるくると踊りながら、春の光の中へ入っていった。

「飛んだ！」

泥棒は善良であること

1

おれは、ほこり高き泥棒だ。

朝飯をしっかり食べると、台所をていねいにみがいた。ソースのビンも、ピシッとたなにもどした。窓のレールにつまったほこりもつまようじで取り出し、窓ガラスもピカピカにみがいた。部屋のすみまできっちりと掃除だ。これでよし。

一枚の地図を机の上に広げた。おれが調べた情報がびっしりとかきこんである。お宝のありそうな家は黄金色にぬってある。かぎの束をじゃらじゃらさせながら、今日の仕事の計画をねった。

は、気楽町でおしゃべりな奥さん連中のあつまる所。出あったら最後、まる三日はうわさをされる。近寄るべからず。

はのら犬注意だ。この青空町のあたりには、なんと十三匹もいるんだぜ。おれ

は、調べながら、のら犬みんなに名前をつけてやった。

それから、えーと、は何だったかな。そうそう、ここは鍵屋《かぎや》町という名前どおり、この町の家は三つも四つもかぎをかけている。おれは、かぎ破り一筋の泥棒だ。だがな、やっぱり多いと入りにくい。

さて、今日の仕事はどこにしようか。手に持っていたえんぴつの先を地図の真中に立てて、勢いよくパッとはなした。

おれのつばきとともに、パチンと景気のいい音をたてて、倒れたところは青空町だった。

遠回りになるが、のら犬のいない道を行こう。

2

今日の仕事は一丁目の大きな家だ。

おれは、空を見上げた。雲はなし天気よし、どろぼう日和だ。

愛車の自転車は、おれの住むボロアパートから、はずむように走り出した。今、二時。夜中じゃあない。お日様が輝く昼間さ。昼間は油断をしているから、泥棒様にとってチャンスなのさ。

スピードをあげて、大きくかどを曲がった時、ガタンとけいきよく自転車をへいにぶつけてしまった。泥棒の鉄則一〝動きはつねに敏速にそよ風のごとく軽やかに〟。ちっ、先がおもいやられるぜ。

青空町につくと、草むらに自転車を止めた。そして、さっそうと歩いた。そうさ、格好よく。おれはほこり高き泥棒だ。ん？　後ろから誰かついてくるぞ。用心、用心。

おれは身軽に角をまがった。そいつもついてくる。早足で進んだら、そいつも早足になった。ゆっくり歩いたらそいつもゆっくりになった。

あやしまれるような、ミスはしていないぞ。あせらずゆっくりと、にっこり笑ってふりむいた。

「こんにちは」

そこにいたのはピストルを持ったおまわり……ではなかった。大きな犬がシッポをゆら〜ゆら〜とふって、おれを見上げていた。

たれさがった耳、遠くを見ているような目、べちゃりとぬれた鼻、腹にはこびりついた泥。

この茶色の犬、見たことがあるぞ。お前、のら犬通りにいたやつだな。名前は、そう、そう、そう、ドロープってつけたんだった。

「おどろかすなよ」

「クウーン」

「おれを覚えているのか？」

「クウン、クワン！」

シッポをふって、ひくい声で返事をした。

おっと、泥棒の鉄則二をわすれるな。〝犬をてきにまわすな。だが、仲良くなるべからず〟。

「おいおい、シッポをそんなにふってごきげんをとろうたってだめだ。さぁ、帰れ帰れ」

「ウワン！　キューーン」

尻をたたいて追い払っても、体をぐいぐいとくっつけてくる。つれて行けと言っているようだ。

「犬の仲間がいるだろう、帰れ！」

こんどはくつを脱ぐと、投げつけてやった。

それなのに、クウン、クン、と甘えた声で、うれしそうにおれを見つめる。

「お前、一人前に、おっと一犬前に、理由あって一匹ぼっちってわけか」

そういうと、ドロープはウワン！　と体中でほえた。口からよだれがつつーとのびた。

おれが歩くと、たれさがった耳をぺこぺこさせてついてくる。もう、勝手にしろ。

3

ついたぞ。今日は、留守だってことは調べてわかっているんだ。どうどうと玄関から入るぞ。かぎなんて片手だって開けられるさ。

おれは大きな門をくぐるとおどろいた。玄関には、ドロープくらいの大きな犬が、だらりと寝ころんでいた。

真っ白でふわふわの毛。人の、いや犬のよさそうな黒い大きな瞳。おれを見るとむっくり起き上がった。毛が地面までびろびろとたれている。

くそっ、いつ犬なんか飼ったんだろう？　まずいな！　ひきかえすか入り込むか、おれの頭の中はフルスピードで回転した。

だが、このびろびろ犬の方が早かった。ダッシュしておれにとびかかると顔をぺろぺろなめだした。危うくひっくり返りそうになった。ドロープまで一緒になってじゃれている。

「おまえは番犬なんだぞ。犬のプライドっていうものはないのか」

なぐってやろうと、手をふりあげたが、よろこんでプロペラのようにシッポをふっているのを見ると、なぐる気もしなくなった。

だが、こんな役に立たない犬では気持ちがおさまらん。よし、番犬らしくほえることを教えてやる。これも泥棒の心意気ってもんさ。玄関のかぎをさっと開けると、するりと中に入り込み、

「さぁ、今だ。ほえろ、ほえろ、ほえるんだ!」

びろびろ犬をにらんで叫んだが、ワンともいわん。

「かみつけ!　かかってこい!」

首をつかまえて押さえつけても、遊んでもらっていると思っているらしい。

見込みなしだ。勝手にしてろ。大事な時間を使ってしまった。急いで仕事だ。

4

中に入るとすぐ台所があるはずだ。あれ、ない。廊下になっている。台所はどこだ？　なんだ、突き当たりにあるじゃないか。家の中はしんとしている。

左側は子ども部屋のはずだ。ここにはお宝はないだろう。次の部屋へ急げ。ん？　目のふちに、アイロンが見えたような……。

たいへんだ。スイッチが入ったままだ。なんてこった。部屋にとびこんで、コードを抜こうとして手が止まった。ワイシャツ、ハンカチ、まだあるぞ。ズボンも山にして積んであるではないか。

こんなふうにおいちゃぁ、しわになるだろう。

気がついたら、おれは一生懸命アイロンをかけていた。なんで、おれがアイロンなんか、かけなきゃいけないんだ。ぶつぶついいながら、とうとう全部やってしまった。さっぱりした。おっと、こんなところでぐずぐずしてはおれん。

次の部屋がねらいどころよ。タンスが三本も並んでいるんだ。お宝は、その中に入っているはずだ。

泥棒の鉄則三〝盗みは気づかれぬため半分だけいただくべし〟。タンスの下から順番に引き出しを開けてと……。すると、目の前に一匹のクモがズルーと下がってきた。天井を見上げておどろいた。大きなクモの巣ができているではないか。

やれやれ、タンスの横にあった掃除機を見つけてしまうなんてついてないよ。

三秒後には、キューン、ビィーンという音とともに、クモの巣は掃除機の中に吸い取られていった。

とたんにグーッと腹がなった。台所のテーブルの上にバナナを見つけた。

「一本いただくよ」

バナナをかじりながら、台所にお宝はないかと見まわした、その瞬間、

「ウッ！」

バナナを持つ手が、いかりでふるえた。

流しの中に、カレーがこびりついた皿、コップ、スプーンなどがつっこんである

のを見てしまった。

おれは怒っていた。おれは、ほこり高き泥棒だ。こういうところで仕事はしたくない！

なべも皿もごしごしこすった。ついでに台所もピカピカにみがいた。

どっと疲れが出てきて、思いきり大きなのびを一つ。その時、何かが聞こえた。

おれの耳は、どんな小さな音でも聞きとれるように、きたえてある。たしかに聞こえたぞ。玄関に誰か入ろうとしている。しのび足だ。ということは……。

泥棒の鉄則四〝めんどうなことには手を出すな。つまりすばやく逃げること〟。

とつぜん、ギャッ！　グウゥ、ウーン。

ぶきみな音。そして静かになった。玄関をのぞくと、見知らぬひげづらの男がのびていた。

そのそばで、ドロープと、びろびろ犬がシッポをパタパタさせて得意そうに座っていた。

「えらいぞ、よくやった」

頭をなぜてやると、シッポをちぎれるほどふって、

「ワン！」

と、二匹が一緒にほえた。おれの特訓もまんざらじゃないな。クックックッ、笑いをこらえたその時、ポッポー、ポッポーと、ひびきわたる大きな音にひっくりかえった。

時計の音でこんなにおどろくなんて、恥ずかしくてだれにも言えやしない。

今、なんと四時！　二時間もたってしまった。泥棒の鉄則五〝仕事は十分でおえること〟。あーあ、おれの持つ最悪記録、一時間三〇分をまた塗り替えてしまった。

これ以上ここにいることは危険なり！　次の瞬間には、もう道にとび出ていた。

「こんにちは」

女の人が歩いてくると、にっこり笑って、その家に入っていった。

「あたたかな日ですなぁ」

おれもにっこり笑ってあいさつをした。

後ろにくんだ両手には、ごみ袋をにぎりしめていた。

自転車の荷台にほうりこむと、おれは走りだした。

ドロープがよだれとシッポをなびかせながら、自転車の後ろを走っていた。

5

おれの住むこのボロアパートに、ひっこしをして来るやつがいるというのだ。こんなチャンスは見逃せない。

細い路地を小型トラックが、きゅうくつそうにやってきた。ヒィ!と、タイヤをきしませアパートの前にとまった。荷物がガタガタと音をたて、おそろいの帽子をかぶった運送屋が、てぎわよく荷物を運び込み始めた。

近所のやじうまたちが集まってきた。おれも、堂々と見物さ。

男の一人ぐらしか。どれも安っぽい家具だな。やれやれ、こんな貧乏人じゃ、いただくものは何もなさそうだ。そう思った時、おおっ!という声があがった。がっしりとした大きな金庫が、布に包まれて、大切そうに運ばれて行くではないか。

そのとき、若い男が走りよってきていった。

「静かに！　そっと運んでくれよ」

えらく心配そうにたのんでいる。おれの目は、金庫にくぎづけになった。金庫があるとなりゃあ、話は別だ。おれは男をよく観察した。

Tシャツから、筋肉があふれそうに盛り上がっていた。身のこなしは軽く、力もありそうだ。しかし、黒いふちどりの大きなメガネは流行遅れだ。恋人はいないな。年は二十五、六。人は良さそうだ。しかし、金があるやつには見えん。

金庫が、二階の西がわの部屋に入って行った。つまり、おれの部屋の上だ。

だがな、あの金庫なんか変だぜ。長年のカンと、するどい観察力ってやつがそういっていた。

「よいお天気で」

アパートの大家さんが、おれの後ろから声をかけてきた。

「花見も、もうすぐですね」

ニッコリと笑顔を作って言った。

「今日、お仕事はお休みで？」

「はぁ、ちょっと風邪《かぜ》をひきましてねぇ」

「それは、それは、お大事に」

大家さんは、腰を深くまげた。

「ありがとうございます」

大家さんにあいそよくおじぎをすると、へやに戻った。

近所付き合いも、大事な仕事さ。泥棒の鉄則六〝世のため仕事のため、近所の人と仲良くなること〟。

「こんばんは。二階にひっこして来た万福といいます。えーと…」

ドアを開けると、大きな身体を小さくして、金庫の男が立っていた。

「これはつまらないものですが……」

男はタオルのつつみを出した。がっちりとした手で頭をゴリゴリかくと、フケがぱらぱらとおちてきた。

「ありがとうございます。私は大安といいます。特大の大と安心の安で、だいあんです。お疲れになったでしょう。お茶でも一杯いかがですか」

スマイル、スマイルっと。

「どうもありがとうございます。ではえんりょなく……」

と、玄関に入りかけてから、急に何かを思い出したように、

「あっ、いえいえ、急いで帰らねばなりませんので……」

いきなり頭をふった万福さん。黒いふちどりのメガネが、ズルッと鼻のさきっぽまで落ちてきた。

あわてて、人差し指でめがねを押し上げ、ペコペコと頭をさげながら帰っていった。なんだか落ち着かないやつだ。

6

おれは、万福さんの部屋のドアの音を聞き続けた。そして、かぎをさしこむだけで、開けるのか閉めるのか、わかるようになった。

きたえ抜いた耳だからな。階段を歩くクツの音。今、午前十時。ゆっくりだな。

そうか、今日は会社は休みなんだ。

おれの部屋のとなりは階段だ。だから二階からの出入りはみんなお見通しさ。

朝早く、万福さんが階段からおりてきた。

あたたかい日なのに、コートをはおって、ポケットに手をつっこんでいる。

「おはようございます、万福さん」

窓から声をかけると、びくっとした万福さんがふりむいた。

「あ、お、おはようございます」

にこやかなおれの笑顔を見ると、安心したようにフーッと息をはいた。そして、両手で腹をかかえるようにして、急いで行ってしまった。あのおどろきかたは、普通じゃあない。それにあんなに太っていたかな。おまけに一日中、カーテンがしまっているのも気になる。なにか、かくしてるな。

その時、ワウーンワン！と犬の声。窓の下に、茶色い大きな一匹の犬が長い毛並みのシッポを、ゆさっ、ゆさっとふっている。

「ドロープじゃないか」

クワンクーンと、今日も鼻水をたらして、おれを見ている。

「ここに来るなって言ってるだろ。このアパートは、犬をかっちゃあいけないんだぞ。第一、おまえの家はここじゃぁない」

「ウワン、ワン！」

「おい、わかっているのか？　あれをみろ」

おれは、張り紙を指でさした。アパートの入り口には、

『犬、ネコ、ウサギ、小鳥や金魚、どんな小さな生き物も、持ち込み禁止！』

大家さんが、下手な字でかいた紙が、べったりとはられている。

「おまえにいっても読めないか」

7

さわやかな朝、一杯のお茶から一日が始まる。ズズー、うまい。お茶は緑茶がい

いねぇ。お茶をすする音までいい。こうして、かぎをみがきながらの一杯が最高だ。

そろそろ出かけるか。仕事といっても、毎日泥棒をするわけじゃない。今日は下見だ。

ビリッ、ガリッ、おや？　かすかな音、二階から聞こえるぞ。万福さんは、たしかに出かけたはずだが。

ガチャッ、あのかぎの開け方は万福さんではない。

泥棒？　おっと、あの部屋には大きな金庫があるんだ。先をこされちゃ、毎日下見をしてきたおれの立場がないだろう。おれは、足音をたてないように二階へ走った。

やっぱり、ドアが開いてるぞ。こういう時はさりげなくやるもんだ。おとなりさんのふりをしてノックをした。

「万福さーん、回覧板ですよ」

ドアをさっと開けると、中に男が一人。黒いズボンに、黒いシャツ、黒い帽子にサングラス、おまけにマスク。なんだその恰好は！　センスがない。

おどろいた男は、両手にかかえていた金庫を、ドスンと落とした。

「ウウーッ、いたたたっ」

泥棒は、足をかかえてひっくりかえった。

「中身をいただくのは、おれさまだ」

すばやくかぎをあけようとした。

その時、金庫の中から真っ白いものが、とび出てきた。おれは軽やかにとびのいた。

それは、すごいいきおいで泥棒にとびついた。

「キャン、キャン、キャン！」

いそがしく動き回っているのは、真っ白な小犬だった。続いて、

「ウー、ワンワン！　ワン！」

おれのわきを風のごとく通り過ぎていったのは、ドロープだった。しばらく二匹のうなり声と、人間の叫び声が続いていた。

ヘクション！　ヘクション！と、はでにくしゃみをしながら、その男は完全にの

びてしまった。犬アレルキーなんだな。

「ドロープ、おまえ、この犬のこと知っていたのか？」

「クウーン、クウーン、ワン！」

ドロープは、あいかわらずよだれをたらしながら、しっぽをふっておれを見上げている。

小犬も、シッポをピリピリふって、ドロープにじゃれついている。

これが金庫ねぇ。やれやれ、古箱でつくったこんなものにだまされたとはな。

おれは、足でけとばすと、中からドッグフードがばらばらとこぼれた。変だと思ってたよ。

ウーウー、ウーウー、キー！

二階の窓からのぞくと、アパートの前にやじ馬とパトカーが見えた。だれか一一〇番したな。

ダダダダダッ！

ドスン！　ドスン！

ドン！　ドン！

階段をのぼってくる音がして、警官がとびこんできた。

はぁはぁと、肩で息をしながら、警官は子犬をハッシと抱きしめた。

「大丈夫かい、ぼくのかわいいプリンちゃん」

大きな体にだきしめられて、プリンちゃんは、キュンと悲鳴をあげた。

涙をいっぱいためた警官は、万福さんだった。

「すみません、すみません。ありがとうございました」

万福さんは、なんども頭をかきかき、ぺこぺことおじぎをした。すみませんは、アパートの大家さんに、ありがとうございましたは、泥棒をつかまえたおれに言ったことば。おれはただ見てただけで、つかまえたのは、まあ、いいことにしよう。

「どこのアパートでも、犬は断られて、困っていたものですからつい……」

万福さんは、まだあやまっている。

なるほど、コートの中にかくして、散歩につれていってたんだな。だから、あんなに太って見えたってわけだ。

お宝は手に入らなかったが、おれ、『ほこりたかき町民リスト』ってやつにのるんだってさ。

泥棒の鉄則八　〝泥棒とは善良であること〟。

洋！ どこにいるんだ

1　松ノ木岩へ

海がよんでいるぞ！　おれは海パンをはくと、ひろみに見つからないように、そっと家を出た。

「兄ちゃん、一緒に行く」

なんて、ついてこられたら、計画がだいなしだ。海からふく潮風を一息すうと、角を曲がってダッシュした。

洋の家につくと、ばあちゃんがカサカサという渇いた音をさせて、テングサをほしていた。

テングサを見ると、おれの口の中に、トコロテンの甘すっぱさが広がってきた。

「洋、いる？」

おれの声に、ばあちゃんが、まがった腰を伸ばそうとした時、洋はもう家からとび出てきた。そして、

「健治、行くぞ」

と、おれに手をふって走り出した。

「おう」

おれも、洋の後からかけ出していた。

「沖のほうまで行くな」

ばあちゃんの声が、潮風にゆれていた。

海と小高い山にはさまれた村は、海にそって長くのびている。

おれんちみたいに父ちゃんは漁師、母ちゃんは海女《あま》をしているのがほとんどだ。

くねくねと曲がった路地を走っていくと、海のにおいが強くなってきた。

「おーい！　行くぞ」

徹の家の前を走りながらどなった。徹もすぐ出てくると、後にピタリとついた。

おれたちは、一緒によくあそぶ。クラスも一緒だ。

笹竹で鉄砲を作って打ち合ったり、小岩にかくれているタコをつかまえて、すぐに頭の皮をひっくり返すことや、足をクラゲにさされた時は、浜の砂でごしごしこすって治すやり方を教えあった。

太陽の熱が、首筋や肩を痛いくらいさしてくる。浜に着いた。青い空がどこまでもつづいている。

「今日は遠くまで見えるぞ」

洋は目をほそめて、大人のように手をかざして、水平線をながめた。

「ヤッホー、潮浴びびよりだぁ」

おれたちは、波うちぎわまで全速力で砂をけって走った。

浜に建っている磯小屋のまわりに、海からとってきたアラメやワカメがほしてある。太陽のひざしで、水分が抜け黒く光っている。

おれたちは、海から頭をだしている岩の一つ一つに名前をつけている。ヒジキがよくつく岩はヒジキ岩。洋とタコを取ったあたりはタコ岩、つるつるしていて、よくすべる岩はじごく岩だ。おれが、

「今日は、松の木岩まで泳ぐぞ！」

海を見ながら言うと、

「一番はおれだ」

洋の真っ白な歯がわらった。

松の木岩は、強い潮風で曲がりくねった松が一本、目印のようにたっている。

浜から遠いので、三年生までは母ちゃんたちに禁止されているけど、四年生の夏からは自由だ。

おれたちは日焼けした体で海にとびこんだ。腰のあたりまで水がくると、海の中にもぐった。白砂が、海底からまいあがり、ゆっくりと沈んでいった。

海水が、熱い体に気持ちよくからんでくる。洋が、魚のように静かに泳いでいる。

洋のおばさんは海女で、村一番のもぐり名人って言われている。いつも二十メートルくらいもぐって、アワビやサザエをとっている。

チビの頃から、いつもおばさんと一緒に海にもぐっていた洋は、クラス一深くもぐれる。

「松の木岩で待ってるからな」

洋はそう言うと、するりともぐって、行ってしまった。

おれだって、泳ぎは父ちゃんにしこんでもらったんだ。日焼けした太いうでは、今でも、おれを軽々ともちあげる。でも、泳ぎは母ちゃんのほうが上だ。今年の夏は、洋をおい抜いてやるぞ。

「今日は魚が多いなぁ。でも、おれはアワビのほうが好きだ。高く売れるぞ、へへっ」

徹が、口から、潮水をとばしながら言った。

「何を見ても金にみえるんだな」

「あったりー」

そう言うと、しぶきをたてて、がばっともぐった。

浜からはなれると、だんだんと水が冷たくなってくる。

水をかく腕が疲れ、動きが悪くなってきた。思っていた以上に潮の動きが速い。

もうすぐ松ノ木岩だ。もう三十分くらいは泳いでいるかなぁ。腕が、かんかんして固まったように重い。

体の力を抜くんだと、自分にいいきかせながら泳ぎつづけた。

指先が岩にタッチしたときは、力がずるっと抜けた。一番だ！　やったぞ。

次に来たのは徹だった。岩によじ登り、体中ではぁはぁと息をしながら、大の字になった。

この岩は、大人が二、三人横になれるくらい平らになっている。おれも、ねそべって海の中に顔をつっこんだ。

海草が、ゆらゆらと踊り、その周りを小さい魚が泳ぎ回っている。岩にサザエがくっついてるのも発見。

海の中は、いつも動いている。きれいだなぁ。その時、徹が背伸びして、海を見わたしながら言った。

「洋、遅いな」

その声で、おれは飛びおきた。遅すぎる。

おれたちは、洋を見つけようと、海の上をさがしつづけた。でも見えない。太陽の光がひらひらと、海の上ではねているだけだ。洋の泳ぎは、おれたちより速いんだ。

どうしたんだろう?

なぜ、もっと早く気がつかなかったんだ。

2 洋! どこにいるんだ

心臓が、がんがん鳴り出した。その時、一瞬かん高い笑い声がきこえた。

おれは、ゾクッとして周りを見わたした。徹も不安そうな顔でおれを見た。でも、聞こえるのは、波が岩に当たるピチャピチャという音だけだった。

〝かんこぼし〟だ……。おれたちは、同時につぶやいていた。

ばあちゃんたちから聞いたことがある。海で死んだ人の霊が、海女の姿をして、ただよっているんだ。

きれいな貝を見せて、おいでおいでと、海深く連れていこうとする。かんこぼしに出会っても、目を見るな。たましいまで取られてしまうぞ。

海女さんたちが休憩する磯小屋には、魔除けの星形の絵がかかっている。

「さがそう！」

おれたちは、同時に叫ぶと、海にとびこんだ。

林のようにはえている海草を、手でよけながら、思い切り深くもぐった。

白い砂地を泳ぐ魚や、ごつごつころがっている岩の間を、必死でさがした。

「洋！どこにいるんだ！　返事をしろー」

そのとき、目の前を、さっと白いものが走った。

徹と目で合図をしあったとき、かん高い笑い声が大きくゆれながら、耳にとびこんできた。さっき聞いた声だ。

白いものは、ゆらりゆらりと、おれたちの周りをまわりはじめた。

〝かんこぼし〟だな！

「健治、目を見るな！」

徹が叫ぶ。

「洋は、どこだ！」

力をふりしぼって叫ぶと、おれの口から空気が塊《かたまり》になってとび出た。

徹の口からも、空気の大きな泡がつらなってのびた。おれたちは、空気をすいなおしては、何度ももぐった。

波のうねりが大きくなり、体を上へ下へと強くひっぱる。苦しい、胸が痛い。

「洋を返せ！」

二人で叫ぶと、笑い声が消え、あたりがシーンとなった。

疲れきって、岩まで戻ってきた時は、何もしゃべれず、息ができないくらい疲れ、二人とも、膝ががくがくとふるえていた。

波の動きがさらに大きくなってきた。松ノ木岩の上まで海がふくらんできて、二人を飲み込もうとせまってきた。

いつも、見ている海とはちがう、何もかも吸い込んでしまいそうな、深い海になっていた。

「潮が満ちてきた」

「早く父ちゃんや、母ちゃんたちに知らせるんだ」

おれは、自分の声が、ガラガラと音をたてているだけにきこえた。

その後は、むちゃくちゃに泳いだ。

「洋！　洋！」

体中で叫びながら、浜に向かって泳ぎ続けた。

浜に着いたときは、疲れきって、立つこともできなかった。

村中のおじさんたちが、船にとびのると、海に出て行った。

じいちゃんや、母ちゃんたちは、浜辺にじっと立って、海の上で忙しくゆれ動く光を、祈りながら見ていた。

「洋、帰ってきてくれ、帰ってくるんだ！」

おれは、ふるえながら、必死で、胸がちぎれるような苦しさにたえていた。

そして、朝、母ちゃんから、洋が波にゆられながら、浮かんでいたことをきいた。

「洋が、死んだんだようぅ」

母ちゃんの声が、渦のようにぐるぐるとまわって、おれを飲み込んでいった。

石のように、重たくなったおれの体は、暗い沈黙の海の中に沈んでいった。

洋が、おれからはなれていく。そんな感覚が、体をしめつけた。

おれは止めていた息をフーッと吐いた。なんで死んじゃったんだよぅ。となりの部屋から聞こえてきたひろみの歌声が、おれの体を突き抜けていった。

3　葬式

葬式なんて出たくなかった。洋が死ぬはずないだろう、なんで葬式なんかやるんだよっ。おれは心の中で叫びながら、母ちゃんの後ろから、少しはなれて歩いていた。

母ちゃんは、会う人会う人に、深く頭を下げ続けていた。くつがズズー、ズズーと地面に吸い付いて、なかなか足がすすまない。

徹が、洋の家の横にぽつんと立っていた。目だけであいさつをして、二人とも何もしゃべらなかった。

洋の家の中も外も、多くの人たちが忙しそうに動いていた。

庭に並べられた受付の机の前で、中学生の洋の兄ちゃんが、制服姿で目を赤くはらして、葬式に来た人たちにおじぎをしていた。おれたちは、下を向いたまま、だまってそこを通りすぎた。なんと言っていいのか、わからなかった。

村中の人たちが、どんどん集まってきて、道までいっぱいになった。

おれたちは、部屋のすみっこに座った。顔を上げたら、洋の大きな写真が目に飛び込んできた。

去年、浜でとった写真だ。少し笑って、おれを見ている。

「洋、どうしたんだ。そんなところでよう。水泳の選手になるんだろう」

洋は、一息で十五メートルは泳げた。今年はもっと長くしたいといっていたのだ。

それなのに波に飲まれるなんて。

おばさんの、座っている後ろ姿が見えた。いつもの大きなおばさんじゃないみたいだ。

海女をしているおばさんは、日焼けしてガッチリとした体だ。そのおばさんが、頭をかくんと下げて、時々話しかけられると、こわれた人形のように、こくんこくんと頭を動かしているだけだった。おじさんもだ。

ばあちゃんは、もっと小さな背中になっていた。

洋が好きだからと、毎年切干芋を作っていたばあちゃん。畑で収穫した芋をふかして、魚干しのあみにならべて太陽にあてる。なんどもていねいに、ひっくり返して作るのだ。おれたちが、海に行く時、

「これを持っていけ」

と言って布袋に切干芋を入れてくれた。おれたちは、それを海パンにしばりつけて泳いだ。

海のなかで立ち泳ぎしながら食べると、硬い芋が海水で軟らかくなって、うま

かった。

「洋のばあちゃんは、切干芋作りの名人だなぁ」

おれが、歯でかみ切りながら口の中に押し込むと、洋は、

「うまいかぁ？　おれも、大好きだ」

と、笑っていた。

徹が、ズズーッと鼻水をすすりあげた。お坊さんが、低い声で長いお経をあげた。

それが終わると、大きなどらと鐘を手に持って、たたきつづけた。


ドドーン！　シャーン！

ドドーン！　シャーン！

ドドーン！　シャラーン！


大きな音は、あたりの静かな空気を、びりびりとふるわせ、おれの心に突き刺さった。

おれたちは、二人いても洋を助けられなかった。洋、もっと早く父ちゃんたちに知らせていれば助かったのか？　洋は何もいわずにおれを見ている。

その時、突然おばさんが叫んだ。

「洋、起きろ！　こんな大きな音が聞こえんのか！　目、さませ！　かあちゃんのところへ来い！」

おれは、のどがつまって苦しくなった。そして、涙があとからあとから流れた。

帰り道、路地の角に、クラスの女子たちがかたまっていた。

通りすぎた時、おれは、皆にかこまれるようにして立っていた千絵と目が合った。

いつも、元気でよく笑い、クラスを明るくする名人だ。

その千絵が、泣きはらした真っ赤な目をさっとそらせた。おれはショックをうけた。

やっぱり……。千絵は、洋が好きだったんだ。洋もそうだったんだろうか？

おれは口を固く閉じたまま、早足で家にかえった。頭の中が、洋の心をさがして、ぐるぐる回ったままだった。

母ちゃんは、七日間、洋の家におまいりに行った。家の中はいつだって、母ちゃんの大きな声がしていたのに、このごろ全然。

家の中で、ごろごろと寝ころんでいるだけの毎日がすぎていた。宿題なんて、全然する気にならなかった。

マンガを読んでも、ゲームをしても洋の顔が浮かんでくる。

洋は今どこにいるんだろう？　洋の夢や心って、どこかに消えてしまったのか？

お盆がやってくる。洋んちは、初盆をむかえる。

4　お盆に帰ってくるのか？

お盆になると、村を出て働いている人たちが帰ってくる。村が、急ににぎやかになる。

盆踊りは、三日間いろんなものに仮装して踊る。漁協の広場にやぐらを組んで、夜中まで踊りでにぎわう。

お盆のあいだは、遅くまで起きていても叱《しか》られない。屋台も出るし、花火だって思い切りやれる。海に向かって何連発っていう大きい花火をやっても、だれからも文句なしさ。

去年、洋とねずみ花火をしたんだった。あっ、あの時……、洋の投げたねずみ花火が、おれの足にとんできた。

洋が、ごめん、ごめんって、何度もあやまったのに、知らん顔して返事もしてやらなかった。おれは、ぎゅっと唇をかんで石をけった。

母ちゃんは、お盆になるといつもはりきる。

母ちゃんだけじゃない。となりのおじさんもおばさんもだ。

村中が、どんな仮装をしようかという話でもりあがる。

「今年は、どひゃっと、おどろくようなやつをやるぞ」

一年でお盆が一番好きだという魚屋のおじさんは、魚臭い大きな手で、おれの頭をゴンとたたいていった。

「イテッ、お客をたたくな」

おじさんをにらんでやった。

小さい頃は、洋たちとよく踊っていたけど、小学生になってからは、ずーと見学組だ。お盆なんて、ワイワイと楽しむだけくらいに思っていた。

盆踊りかぁ。うす暗い明かりの下で、長い列を作って仮装をした人たちが、踊りつづける盆踊り。

死んだ人の供養だからな、こうして踊っていれば、帰ってきても安心して、一緒に踊れるからなぁ。

いつもお盆になると聞かされたことばだ。洋、お前もお盆に帰って来るのか？

今年は踊ろうかな。そうだ、徹と踊ろう！　おれは、家をとびだした。

「兄ちゃん、一緒にいく！」

なんだよぅ、ひろみか。

「じゃまなんだよ、ちびは」

知らんふりして、徹の家まで走っていった。

「徹、盆踊り、仮装して踊らないか？」

早口で一気に言うと、徹は、

「おう！　おれ、じいちゃんと、洋のために踊るぞ」

と、すぐに大賛成した。

そうだった。駄菓子屋をやっていた徹のおじいちゃんは、寒い冬の日に死んだんだ。

「派手にけんかをしてたのに、じいちゃんが死んだら、ばあちゃん、さみしいさみしいって、店も閉めて、外に出なくなってしまった」

徹が心配そうな顔で言っていた。じいちゃんの顔がうかんだ。

がんこそうな怖いかおだった。でも、ときどきおまけにお菓子をくれて、ごつごつの手で、頭をたたくようになぜてくれた。それに盆踊りの達人で、うちわを腰にさして、おおげさに、おもしろおかしく踊るから人気者だった。

おれたち、ゲラゲラ笑いながら、

「じいちゃーん、最高」

なんて、ふざけて叫んでいた。

徹んちも、今年は初盆なんだ。

「私もやる！」

えっ、ひろみの声だ。

ふりむくと、おれの後ろに、はぁはぁと息をしながらひろみが立っていた。

「私もやるって、言ってるでしょ」

「かってに決めるな！」

「健ちゃん、たくさんの方が楽しいぞ。入れてやれ」

徹が、助け船を出してくれた。

次の日、ひろみはちゃっかりと雄二も連れてきた。雄二は徹の弟だ。

まぁいいか。さぁ、忙しくなるぞ。

まず、どんな仮装をするのかを、決めなくては。

「恐竜がいいな。ダンボールに絵をかいて、かぶるんだ」

雄二が、得意そうにいった。

「私、マンガがいい」

「ばーか、おまえたちはガキだなぁ。海パン一丁で〝われは海の子〟ってのはどうだ？　洋が喜ぶぞ」

徹が言うと、ひろみがにらんだ。おい、おれまでにらむな。

「洋は海が好きだったなー」

「うん。泳ぐのが上手だったなぁ」

いっしゅん、シーンと静かになった。おれたちの話していることを、洋がどこかで聞いているような気がして、おれは部屋の中をそっと見渡した。

サッカー少年団、ロボット、恐竜、スパイダーマン、いろいろあって一つに決めるのが大変だった。

しばらくして徹が、

「うちの店に、キツネのお面があるぞ」

と、思い出したように言った。

おじいちゃんのやっていた駄菓子屋に、お面が残っているという。

全員、長いマントをつけて、お面をかぶることになった。

「マントは、母ちゃんたちに頼んで、ふとんのシーツをもらおう」

おれが言と、

「うん！　仮装につかうんだ。母ちゃんたちは反対しないぞ」

「シーツは真っ白だぞ。絵、かこうか」

「よし！　かこう」

と、どんどん決まっていった。

マントは、母ちゃんたちが、洋も一緒に踊りたいだろうって、五枚作ってくれた。

おれたちはマジックで絵をかいて、金紙を切って貼り付けた。

おれは海をかいた。海の色って、きれいで不思議だ。朝と昼でちがうし、夕方も変わる。夜なんて真っ黒だ。

浜で、ふるえながら見ていた海を思い出していた。

金紙で波がはねているように見えてきた。競争して作っていたら、はでなマントばかりになってしまったけど、満足満足。

洋のマントには、皆で好きな絵をかいた。そして、お面と一緒に洋んちへ持っていった。

おばさんは、何度も頭を下げて、ありがとうと言った。言うたびに、目が赤くなってきて、涙がポロポロとこぼれてきた。いつも男みたいに、ガハハハッと笑っていたおばさんだったのに。貝がよく取れる今なのに、海へ出ず、ずっと休んでいる。

洋の写真がかざってある床の間の近くに、マントをかけてくれた。

マントの絵が、窓から入ってくる潮風にゆれた。おばさんがマントに両手を合わせて、ムニャムニャとなにかいっていた。じゅずのこすれ合う音が、おれの胸にひびいた。

5　盆踊り

お盆になった。

漁業組合からの放送が、村中に流れた。

〝漁業組合よりお知らせします。今日から三日間、磯の口をとじます〟

母ちゃんたちは、お盆の間は海にもぐらない。父ちゃんたちも、舟を出さない。

「昔からずーとそうしているよ。海が荒れるからねぇ」

と、母ちゃんは言う。

入り江には、舟が静かに並んでいる。でも、村の中は忙しく動いている。

おれの一番苦手なやつは、朝五時に起こされていく墓の朝参りだ。

父ちゃんも母ちゃんも、めかして花や米やだんごやらもって、墓地へ行く。

「おはようさん」

「ようお参りで」

あちらこちらで、あいさつがきこえる。

「健ちゃんも、朝はよから、えらいねぇ」

何度も声をかけられた。

海が見えるように、山を切り開いてつくられた墓地は、村の人、人、人であふれた。お線香の煙の中で、おれの目はやっとさめてきた。

「徹と踊るぞ。洋も来てくれ」

洋の新しい墓の前で、手をあわせておじぎをした。そこには、たくさんのお供え物と、白い山ユリが一束おいてあった。

三時頃になると、もう太鼓の音と、やぐらの上で歌ううたが、おれの家まで聞こえてきた。まだ、だれも集まっていないのに。景気づけだってさ。

四人は、おれの家に集まった。踊りに行くのは夜の九時ごろだ。

お面をつけて、マントを肩からすっぽりとかけると、おれはおれではないみたいな気分になった。

「暑い！」

ひろみが、お面をはずして、クーラーの下にすわりこんだ。本当に暑い。汗が首まで流れてきた。

出発前に、かあちゃんが作ってくれたトコロテンを、四人でチュルチュル音をたてて食べた。

広場に近づくと、青年団の兄ちゃんたちの、景気よい声がきこえてきた。七夕みたいに、一年に一回お盆にだけ帰ってくる人もいるんだ。

「いらっしゃい！ 安いよ、うまいよ、大盛りだよ！」

おそろいのハッピで、かき氷や焼きそばなどを売っていた。

会場のとなりの入り江では、花火がどんどん打ち上げられていた。

火薬のにおいと、けむりがもうもうとしている。ゆかたをきた人たちも、たくさん歩いている。

おれは、花火の大きな音をきくと、踊るぞっという気持ちになってきた。

同級生の女子たちが、がやがやとやってきた。そのまわりだけが、やけに明るくまぶしくってどきっとした。おれは、無意識のうちに、千絵をさがしていた。

いた！　おそろいの緑の服を着て、頭に白い山ユリの花をつけている。学校で見る千絵とはちがって、大人びて見えた。

洋のために踊るのか？

薄暗い盆踊りの輪の中に入っていくその白い山ユリを、しばらく見ていた。

「おれたちだって、わかったかなぁ」

徹に背中をたたかれて、はっとした。

「わからん、わからん」

おれは平気な顔をして、そう言ったけど、なぜか胸がドキドキしていた。

「疲れても、休憩なしだぞ」

おれはわざとひろみと雄二に、大きな声で言った。

やぐらの右と左に、大きな踊りの輪ができる。ちびたちがたくさん踊っている。

おれも、あの輪のなかで踊りをおぼえてきたんだ。

正面に建てられたテントの中に、今年亡くなった二十七人と同じ数の提灯が並んでいる。そこだけが明るく、きれいな舞台のようだ。

「始めるぞ！」

うす暗い踊りの輪のなかへ、わいわい言いながら、おれたち四人、はではでマントにキツネのお面で入っていった。

タイコの音が身体にひびいてくる。緊張したのは始めだけで、すぐに踊りに夢中になった。顔が見えないと思うと、気がだんだん大きくなってきた。しばらくすると、母ちゃんたちのグループもやってきた。

おそろいの短い着物で、太い足。手にはまゆうの花を持って、〃はまゆう娘〃だってさ。

どどどっと、にぎやかにやってきた派手な仮装の一団。やっぱり魚屋のおじさんたちだ。なんだ、あれ、頭にうさぎみたいな耳つけて、あみあみタイツはいて、おまけに口紅真っ赤。胸にボールが二つ入っている。

「いいぞ！　魚屋！」

と、声がかかる。

頭から足まで、真っ黒な〝伊賀忍者〟の一団は、さすがに踊りかたが身軽だ。ときどき手裏剣なげのポーズをやって、見ている人を笑わせていた。

〝九鬼水軍〟もいるぞ。刀や鉄砲をかかえて、かっこいいなぁ。

秋に亡くなった薬局のおじさんのために、親戚の人たちが踊っているのだ。

毎年、派手な踊りと着物で踊っていた海女さんのグループは、今年はちがった。〝蛍狩り〟だって。海で死んだ人のために踊るんだって。蛍の絵のついたおそろいの黒い着物で、静かに踊っている。

ソーリャア　ヤーノセーエ
ヨーイヤマー　カセーエノ
ヨーイトセ　アーヨーイヨイ

やぐらの上の歌い手に、踊り手がかけ声を合わせていく。踊り手も、どんどん増えてきた。毎年聞いているうちに、歌や踊りも自然におぼえた。バッチリさ。

歌に合わせて、指一本一本をやさしくゆらす。両手の手のひらは、いつも向き合って踊りがすすむ。まるで、誰かを呼んで一緒に踊ろうとしているようだ。

夜空に並んだ小さなちょうちん。明かりがともるのは、少しだけ。ときどきふく潮風にゆれている。

薄暗い光の中で、キツネの顔が、白く浮かび上がった。汗が流れてきた。お面をずらしてヒューと息をはく。初盆の人たちが、飲み物を配り始めた。盆踊りが終わるまで、初盆の人たちは、いくつもの仕事を受け持っている。

「さぁ、冷たいお茶のんで。疲れただろ？」

そういって、輪の中にお茶を運んできてくれたのは、洋のおばさんだった。

おれたちはお面を取って、コップをもらいごくごく飲んだ。お茶は、汗だらけの体にみるみる吸い取られていった。

「うめーっ」

一斉に言ったので、おばさんが笑い出してしまった。

「ありがとう」

そう言ったおばさんは、いつものやさしい顔だった。久しぶりに、おばさんの顔をまっすぐに見られた。

男の人たちは、ビールをもらうと、飲みながら踊っている。魚屋のおじさんたちも、缶ビールをもって、ふらふらだ。

仮装をしない人たちの輪も、大きくなってきた。

おれは、そこに徹のばあちゃんを見つけた。曲がった腰で、もくもくと踊っている。じいちゃんと一緒におどっているのかなぁ。踊り方が、少しじいちゃんに似ていた。

十一時すぎると、仮装の人たちはもっと多くなって、やぐらの上では、ますます張り切って歌をうたっている。踊り手のかけ声にも力が入ってくる。

「洋が、喜んどるぞ」

と、踊りながら、声をかけてくれた人もいた。

汗が目に入って、お面の中はぐちゃぐちゃだ。ひろみたち、疲れただろうな。先に帰してやろう。徹に合図を送った。

「雄二、ひろみ、ようがんばったな。もう抜けていってもいいぞ」

お面をとった二人の笑顔が、汗でぴかぴかと光っていた。

大きな声で歌いながら、徹とおれは踊り続けた。踊りながら、となりに洋を感じていた。

白いマントの洋と、三人で一緒に踊っている。

「洋、ごめんな。おれたちお前を……」

そこからは、ことばがつまって出てこなかった。

洋は、静かに笑うと、見えなくなった。

十二時になると、さすがに疲れてきた。上にあげる腕が重くなって痛い。動くたびに、白いマントがふわりとゆれて、体にまとわりつく。


母ちゃんが、近づいてきて言った。

「ごくろうさんだったねぇ。母ちゃんたちは、まだ踊っとるからね」

母ちゃんの声で、おれと徹は踊りの輪から抜けだした。お面をはずすと、少し離れた砂浜に倒れこんだ。夜風にマントが、パタパタとまいあがる。

夜空一面の星が、おれたちを見ている。

どこまでも黒い夜の海。洋をのみこんだ広い海。でも、おれは海が好きだ。

おわりに

私がまだ保育園に勤務していた頃、お昼寝の時間になると、時折その日に遊んだことをお話にして楽しんでいました。

「今日、ひよこぐみさんは、電車の見える原っぱへ散歩に行きました」

「ウン」「ソウソウ」「赤い電車ミタ」

「ひよこぐみさんが手をふると、電車はプワー、プワーって大きな声で返事をしてくれました」

「プワーッテ、イッタネェ」

そのうちに、こんなひとりよがりのお話作りをしていていいのかと、不安と同時に創作への興味が湧いてきました。

研修会のパンフレットを探し求め、「日本子どもの本研究会」のなかに創作の分科会を見つけた時は、「これだ！」とスタートラインにやっとたどり着いた思いでした。

それからは、どんな批評がされるのか楽しみに研修会に出かけるようになりました。

「名古屋に同人の会があることを知っていますか。一度足を向けられたらどうしょう」とお誘いを受け、私の目も少しずつ広がっていきました。

子どもの心がよろこぶ童話を創りたい、という大きなくくりをもって書いていますが、試行錯誤の連続です。作品を通して、子どもたちに何かを感じてもらえる童話になりますようにと心がけています。

出版のきっかけをつくり背中を押してくださった夢谷庵の谷尚典さん、時間をかけてつきあってくださった風媒社の劉永昇編集長、元気のでるイラストを書いてくださった藤原まゆみさん、そして日ごろご意見をたくさんくださっている皆さん、ありがとうございました。

遠慮なく読後のご意見、ご感想をいただければ幸いです。

山際美代子

［著者略歴］
山際　みよこ（やまぎわ・みよこ）
1945 年、名古屋市に生まれる。
2005 年、清須市立保育園（愛知県）退職。
第 23 期日本児童文学学校に学ぶ。
「中部児童文学会」会員

イラスト◎藤原まゆみ

童話集　夏休み、ひいばあの田舎でカイに出会った

2019 年 5 月 30 日　第 1 刷発行　　（定価はカバーに表示してあります）

著　者　　山際 みよこ
発行者　　山口　章

発行所　名古屋市中区大須 1-16-29
振替 00880-5-5616 電話 052-218-7808　風媒社
http://www.fubaisha.com/

＊印刷・製本／モリモト印刷　　乱丁本・落丁本はお取り替えいたします。
ISBN978-4-8331-5363-8